十五歳の義勇軍

満州・シベリアの七年

宮崎静夫
Miyazaki Shizuo

石風社

十五歳の義勇軍　満州・シベリアの七年◉目次

Ⅰ

Ⅱ

III

I

シベリアへの旅

シベリア再び

原初の風景

今年（二〇〇二）五月初旬、シベリアへ八日間の短い旅をした。

私はいま七十四歳の画家であるが、農家に育ち、高等小学校を卒業すると、当時の平均的小国民の一人として、国策とされた満蒙開拓青少年義勇軍の一員となって満州（現・中国東北部）へ渡った。日本は太平洋戦争中であり、三年の現地訓練を終えるころには次第に敗色濃厚となり、駆りたてられるようにして関東軍へ志願、三ヵ月も経たぬうちに侵攻したソ連軍と対戦、ハルビン郊外でタコ壺に潜むうちに八月十五日を迎えた。

ソ連戦車を待つ命は、まさしく風前の灯。抱え込んでいた急造爆雷の粗雑な手触りと重みが、夏そのものの感触となっていまも甦って来る。敗戦そして捕虜。連行されたシベリアでの四年は、再生煉獄の歳月として忘れることはできない。

満州・シベリアの七年は遠い昔のこと、美化もまた生きる術《すべ》と思わぬでもない。しかし、その傷跡は拭いようもなく深い。帰還後、定職にも就けず、追い詰められるように入り込んだ画業の世界も、まっとうに向きあうほど、その傷跡から逃れられはしない。

私は鬼門など信じはしない。だが満州、シベリアへの旅は鬼門のように避けていた。それが、一九九九年そして昨年と続けて中国東北部へ旅をした。そこでの熱烈歓迎と裏腹にあった風景は、露わになった植民地満州の時代の日本人（軍）の所業であり、まぎれもなく浮かぶ東洋鬼《トンヤンクイ》の姿は、否定しようもなかった。

人は殴られたことは忘れないが殴ったことは忘れ易い。後者が満州中国とするならば、前者はシベリアだ。避けていたそのシベリアへも行くことにした。

後押ししたのは、熊本の民放テレビ局だった。二年程前から私のささやかな画業をとおした記録番組を手掛けており、原初の風景シベリアは、どうしても外せないという。

計画は周到に練られていた。現地ハバロフスクには、日本人抑留問題に詳しい温厚で誠実な紳士ラブレンツォフ氏という元軍人の助言者がいた。案内人は知的で行動力のあるエレーナ女史。通訳は、元抑留者で音楽家の田中猛氏であったが、ほぼ同世代のこの人には大きく助けられた。

五月三日早朝、放送局のディレクターとカメラマンは、重い器材を持って私と共に家を出発。福岡、新潟を経て、夕刻にはロシア極東の都市ハバロフスクのホテルにいた。それは、何ともあっけない距離に思え、望郷の想いに悶《もだ》えた遙かな流刑の地とは今昔の感しきりであった。

翌朝、早速ラブレンツォフ氏を囲み、改めて計画は練られた。旅の目的は、一九四五年初冬に入ソ、最初に輸送列車から降ろされたシベリア鉄道線上の地イズベストコーワヤ。そこから北上するバム鉄道ウルガル線上に沿う二〇一分所（ラーゲル）跡地、更に北上終点近くにあったウルガル四〇九分所などを探訪することであった。

しかし、二〇一分所跡もそこを流れるウルンダ川も記憶にはあっても、記録にも地図にもそれはなかった。唯一エヒルカンという記憶の中の小駅が線上にあったが、往復共列車の通過は深夜で、その近くの二〇一分所跡の探訪は不可能という。私の困惑を察したラブレンツォフ氏は、直に電話で交渉、遂に列車の間隙を縫って走る保線専用モーターカーを手配してくれた。

その日、ラブレンツォフ氏の案内で、軍事博物館を訪ねた。戦勝国の博物館は、その体制が代わっても民族の誇示に変わりはなかった。敗残の悲哀を知る私には、陳列物の中の寄せ書きされた日章旗や撃ち抜かれた鉄兜など、そこから立ちのぼるものに憑《つ》かれて、動けなかった。

館外には、幾輌もの当時のソ連軍戦車が盤踞《ばんきょ》して並んでいた。――肉迫攻撃。これに跳び込むことになっていたのだ。無表情の巨大な鉄の塊を前に、何とも酸っぱい思いがつき抜けていった。

白樺に吹く風

五月五日早朝、一泊したウルガル線クレドール駅から出発したモーターカーにはストーブが焚かれ、古色蒼然とした車輌は激しく振動しながら走っていた。一行は田中猛氏とエレーナ女史、テレビ局のスタッフ二人に私。

気のいい運転手とその助手は、前方を見易い運転席の横へ私を座らせ、小動物や変わったものを目ざとく見つけては知らせてくれる。みぞれ模様の空には雲が低く垂れ、単線の路盤の傍を流れる川には分厚い氷が残り、森には雪もあった。遅い春、ここはシベリアだと妙に私は納得した。

突然停車。車外に跳び降りた運転手は私たちを急《せ》き立てながら線路脇の斜面を登る。思いがけずそこには、「日本人抑留者埋葬の地」と刻まれた碑があった。陰の窪地には「友よ安らかに眠れ」と墨書された黒ずんだ標木もある。そこからは白樺の森となって奥へと急ぐ。林をすかして草の中に低い盛り土らしきものが幾つも見える。

辿りついたところに、長方形の大きな穴が三つ枯れ草に覆われて並んでいた。先年行われた日本政府遺骨収集の跡という。不意のことで、香華《こうげ》の準備も無く、只、粛然と手を合わせる。

クレドールには、日本人俘虜のための病院があったが、いまは廃墟となっている。ここでの死者七百余人がこの森に瞑《ねむ》っているという。私のいた二〇一分所からも多くの衰弱兵が運び込まれ、命を落とした兵もいる筈だ。清浄《しょうじょう》として立つ白樺は、その墓標としていまを生きている。供えるものも無く、ポケットにあった飴のわずかを碑の前にそっと置いた。

ウルンダ川。その記憶は鮮明だ。一九四五年冬、川に橋を架ける工事から俘虜の作業は始まった。川底まで凍てついた氷を砕き、井桁を組み石を積む。伐採した巨きな唐松材を、氷結した川面を滑らせたり、百足のように担ぐ。〝死神〟とあだ名された監督の目とカンボーイ（警備兵）

の銃口。寒気と飢えの中で俘虜たちは蟻のように働いた。遅々としてではあったが、それでも日本伝統の技が元工兵隊の一団の手で示されたのは見事であった。

それが終わると、独ソ戦中に撤収不通となっていた鉄道ウルガル線の再建作業となった。ウルンダ川の鉄橋も錆びた鉄骨が残されていて、足場のない流れの上での作業は、衰弱した俘虜たちの恐怖の現場として忘れることはない。

通過する列車を避けて待ったりしながらのモーターカーの前方に、そのウルンダ川と鉄橋が姿を現したのは、昼近くになってからであった。記憶の中の鉄橋が現れないことに不安を覚えだしたころ、小さな駅の守衛の口から、記録にも地図にも無かったラーゲル二〇一分所跡と鉄橋の所在を知らされた。そしてウルンダという川の名が飛び出し、この守衛が、収容所事務所にいたニコライの息子であったとは……。そこから十六キロ、作業に手こずった浅い切り通しのすぐ先に記憶どおりの鉄橋があった。思わず声が上ずっていた。

——ああ、この橋……。鉄骨にしがみついて動けなかった高所恐怖症の矢西、枕木を担いでいて眼鏡を河原へ飛ばした高藤兵長。部下に優しかった篠原班長……。ツンドラから溶け出した水を湛えてウルンダ川は昔のままであった。

俘虜が架けた木橋は、山火事で燃えて無くなっていた。ゴムボートを膨らまして川を渡し、二〇一分所跡へ導いてくれたのは、エヒルカン駅近くの営林署長ウラジミール氏。屈強で優しいポパイのようなこの人に出会わなかったらラーゲル跡へ辿り着けはしなかったろう。

そこでは、監視塔も鉄条網もいまは幻。白樺と枯草の中のわずかな遺物。ソ連兵の錆びた飯盒と浴場の焚き口、両方から出入口のある宿舎跡、ガラスの破片……。私の描いた〈虎〉の絵に小躍りしたアレクサンドル。〝絵〟を教えてくれた中島さんや秋田おばこを唄う高橋一等兵の姿が浮かぶ……。

風は、白樺の梢を揺らし鳴り続けていた。

丸太の学校

五月六日夜、ハバロフスクからウルガルへの特急列車にクレドール駅から私たちは乗り込む。二人だけのコンパートメントでは、同じ抑留体験者の田中猛氏とウオッカを舐めながら、話は尽きなかった。

列車は早朝にウルガルへ着き、駅には地区長ステパノフ氏が単身、運転手と共に迎えてくれた。若く寡黙な地区長は誠実で、終日私たちのためにいろいろと気配りをしながら案内役となってくれたのには恐縮した。

朝食を済ますと直に旧ウルガル地区へ移動、昔一時期を過ごしたラーゲル四〇九分所の跡を探したが、記憶が曖昧なのか断定できる場所は見当たらなかった。俘虜が建てたと思える建造物も無くて、それらしきものは、湿原のそこここに残る丸太の杭の列だけであった。

当時、四〇九分所の俘虜たちが建てた最大の建造物は、学校であった。地区長やエレーナ女史が辺りの人から聞き出そうとしても要領を得ず、最近新しく建て直された小学校を訪ねることになった。

その学校はウルガル第七小学校。敷地内には旧校舎の残骸があったが、丸太造りのものではなかった。結局は徒労に終わるのかと思っていると、校内へ行っていた地区長が私たちを呼び、校長室へ案内してくれた。

やんちゃな児童たちの好奇の眼が遠巻きにある。革の半コートを着た五十歳前後の校長がにこやかに迎えてくれる。名はウラジミール・コジャノフ氏。田中氏が来意を告げると既に地区長から要約は知らされているらしく、古い丸太造りの校舎のコピー写真を示し、全く思いがけないことを言った。

「私は、この学校で学びました」と。そして校舎の配置など描き、「私たちはこの学校が好きで、この学校を建ててくれた日本人へみんな感謝しています……」。突然の展開に、思わず校長の手を私は握りしめた。ああ、こんなこともあるのだ。

校長に案内され校舎の跡地へ行った。そこは記憶で探した場所から少し離れたところで、太い土台の杭の列だけが残されていた。丸太を跨ぎタポール（斧）で溝を刻み乾いた苔を詰めて重ねてゆく。日々形を整えてゆく建設の歓びは、それが俘虜の身であっても思いは同じであった。現場を指揮する千場という優れた作業班長の陽焼けした顔がふと浮かんだ。

子供の時代へ返ったように嬉々とした校長は、校舎の配置を指し示しながら、ひずみ易いツンドラの上の校舎が二十年間耐用し、ここから一千人の児童が巣立ったとも言った。

凍土に眠る友よ、以て瞑すべし……。私は、そう念じずにはいられなかった。

ハバロフスクへ戻る車窓には、難渋の中でノルマに追われた側溝作業の痕跡が、白樺林の斜面や谷地《やち》坊主が黒く影を落とす湿地に、現れては消えた。早くも白夜か夕闇は遅く、昼の校長との奇遇のことなど思うと、眠れなかった。

厳冬と飢餓、東方遙拝、軍隊の桎梏《しっこく》と反抗。民主運動とアクティブ講習会。反ファシスト委員会とカタカナサークル、追放と復権。そして絵も描いた。伐採もカパイ（掘る）もタスカイ（担ぐ）もユリの根もまむしも……。そして死も。何もかもが、浮かんでは消えた。

ハバロフスクへ戻ると、汗ばむ陽気。あんずの花が咲き、弾ける若者の姿があった。

ラブレンツォフ氏が私たちを招んで晩餐会を開いてくれた。美しい夫人の手料理を、幼さの残る息子が次々と運ぶ。収集した日本人抑留者の資料も見せてくれた。ウオッカで乾杯。通じない言葉ではあったが、心情は深く沁みた。〝戦争は、勝っても負けても、残るのは悲しみだけだ……〟と。

田中氏はロシアの子供に日本語と音楽を教えている。爪弾くギターに乗せ聞き覚えのある唄が続く。エレーナ女史も唄う。ラブレンツォフ氏の頬には、ひとすじの光るものがあった。

旅立ちの風景

温泉と聞けば、反射的に浮かぶのが杖立温泉である。

そこは、私の生まれ育った阿蘇北端、県境の原野を背にした集落から走り降る、切り立った岩壁の底の温泉郷。季節になれば瀬音の中に河鹿《かじか》の美声をも聴く清流は、筑後川の上流で、両岸には木造の二層、三層の旅館が立ち並び、幾筋もの湯煙りとほのかな湯の香《か》。昔は激しく噴きあげる間歇泉《かんけつせん》もあった。そして、熱くて澄明、微かな塩分を含む泉質は、これこそ温泉という固定観念を私に刻みつけている。

だから家の者から、たまには温泉にでもと誘われても、変な湯に入るより、我家の風呂の方がましだとか何とか言って、他の温泉には行こうとしない。

杖立は、幼いころからのことを思い出せば切りがない。そこでは悲喜交々《こもごも》の出来事があったし、懐かしくもあり、うとましくもある。そんな私の心の綾など、いまでは誰も憶えてはいないだろう。

いまではあまり見かけないがあのあたりには、カルイテボと言っていた負い籠があった。小学生の体には少し大き過ぎるその籠に、季節の山菜や菜園で採れた野菜、花などをつめて、旅館の勝手口を訪ねては売り歩いたころを想い出す。兄達と一緒のこともあれば、一人のときもあった。売り切れずに学校へおくれそうになり、発電所の放水路へ残りのものをぶちまけたこともあった。

杖立に〈ひごや〉という旅館がいまもあるが、当主の穴井清吾は私の幼いころからの友で、同級生として椅子を並べて学んだ仲良しであった。彼の両親は穏やかで優しく、必ず幾ばくかの品を求めて「売れ残ったら、うちへ持って来ナイ」と言ってくれた。のちに高等科に進んだころ過って手にひどい怪我をしたときなどは、幾日も泊めて、医者に通わせ、そこから学校へ送り出してくれるような人たちであった。

元もと絵が好きであった私が、ある旅館の玄関の衝立に描かれた猛虎の絵を、籠を負ったまま腹這いになって見ていて、そこの女中に口汚くののしられた揚句、つまみ出され、口惜しまぎれに**え・か・き**になると秘かに決めたことを想いだす。

母は、小学五年の夏、医院に近い温泉宿で死んだ。多くの児を産み、病弱となっていた母は、その宿にいて療養していた。母のいない家は寂しく末の弟はよく泣いた。すぐ上の兄と私はそのころ毎日のように籠を負って温泉街を売り歩き、母を訪ね、その顔を確かめて、そこから三粁程の学校へ走った。学校の近くに諸式屋（雑貨屋）があってそこの万ちゃんという主人は、医院からの緊急の電話があったりすると教室の窓から顔を覗かせて知らせてくれ、兄と夢中で宿まで駆け込んだこともあった。小柄で、口数は少なくて、きちっとしていた母は、人にも優しくて村人にも好かれていたし、父も大切にしていた。そして朝露のように、温泉宿で誰にも知られずに逝った。深い谷合いからのつづら道を、村人に担がれて峠の我家に帰ってくる小さく白い母の姿は、何とも儚い残像として私のなかにいまも在る。

杖立は、神宮皇后皇子出産の産湯のことや弘法大師の杖立伝説など、古くから霊湯として広く知られていたらしい。

天領日田から竹田へ通じる古道が、私の育った集落の上の台地にあるが、道添いには見事な松並木があって、千本松といっていたが、残念なことに戦後に伐られていまはない。そこの松籟を聴きながら牛を追ったのも、遙かな思い出となってしまった。

ここを往き来した江戸末期の武士や文人墨客の記録が「小国《おぐに》郷史」（禿迷盧《かむろめいろ》著）にあるが、頼山陽や田能村竹田、高山彦九郎などの名も見えて、いまも杖立に残る本陣跡などがその宿所となっていたのだろう。

いまは変哲もないバス停だが、以前は「本陣」という屋号の停車場で、日田行きと熊本行きのバスの発着地であった。

一九四二（昭和十七）年三月、高等科二年の卒業式も終わらないまま、私はここから満蒙開拓青少年義勇軍となるために、出発した。

その朝、三十戸程の生れ育った集落から、出征兵士と同じようにして村総出のラッパや幟りで送られたが、停車場まで来たのは、二人の姉と僅かな知人たちだった。熊本までついて来た父と乗り込んだバスが動き出すと、追いすがる姉たちの顔がぼやけ忽ち遠のいていった。

私はそうして旅立ったが、父が「ここは小日本《こにっぽん》ぞ」と、驚く私に言った大観峯から見る阿蘇谷は広かった。


北満大陸、曠野の三年、敗色の軍隊への志願入隊。ソ連進攻と敗戦。そしてシベリアでの四年の俘虜生活。幸いに生きて還ったときには七年が経ち、一九四九年、二十二歳となっていた。

舞鶴港で上陸、DDT消毒の洗礼と米兵と警察による査問を終え、初めて手にした新聞には、水泳の古橋、橋爪の世界新記録。夜に観せられた映画は、美空ひばりと柳家金語楼の〈のど自慢狂時代〉。そこには天才少女と名匠の演じる底抜けの明るさと解放感があって、シベリア帰りの眼に、戦後日本の変容を鮮烈に印象づけるものであった。しかし、反面では、下山事件、三鷹事件、松川事件と私たちの上陸直前にたて続けに起きた不可解な事件は、それこそ混沌とした戦後の闇を露呈していた。それはまた、赤化されたとされるシベリア帰りに対するアメリカ占領軍や日本の政権の対応にも見られ、帰還を欣ぶ一般とは裏腹なものであった。

舞鶴におけるシベリアでの民主運動の活動家たちへの探索と検束分離。それは、MPが拳銃を突きつけてのものであった。

私は、シベリアで民主運動の中で追放され、反ソ分子の烙印を押されて、重労働作業班へ廻されたことがあった。それは帰国直前に解かれたが、何と俘虜から解放されて祖国へ帰ったというのに、拳銃を突きつけられるとは。幸い何事もなく、分離された者ばかりで、後れて郷里に帰されたが、故郷の人々は温かかった。ただし、見えないところでは警戒されていたらしく、用事もないのに暫くの間は杖立から駐在の警察官が毎日のように覗きに来ては、茶話しをして帰って行った。

それも少しずつ馴れてくると駐在は、「たまには杖立に降って湯にでも入ったら……」などと言ったりした。私は、「行きたいのは山々だが、いまは行かれん……」「なしてナ?」。

季節は初秋となっていた。阿蘇の農家には、家畜のための草刈りの時期が迫っている。夜はどの家も遅くまで稲手《いなで》という干草を束ねるための藁ひもを大量に作る夜なべ仕事をしていた。シベリア帰りであっても、のんびりと湯治気分になれるものではなかった。

理由は別にもあった。シベリアでは、毛ジラミ予防と称して、下の毛を何度か剃られた。帰国直前にもやられて、まだ生え揃わず、杖立の共同浴場では当時男女混浴、人に言えない具合の悪るさにあった。

帰国した私を涙を浮かべて迎えた父も、体力の回復を思ってか、しきりにすすめてくれたが、行かなかった。

その父も、二年後の冬、午前中まで藁仕事をしていたというのに、腸閉塞?をおこし、医者も間に合わず、あっけなく逝ってしまった。

そのころ私は、県境の原野に籠り、炭を焼いていた。作業はきつく、炭を焼く技術も未熟で難しかった。だが、独りになる喜びがあった。大自然の静寂の中で、取り寄せた美術書や石川啄木・梶井基次郎・倉田百三などを、ランプの明かりでむさぼり読んだ。

あるとき、父と牛を連らねて炭を家へ運んだことがあった。湧蓋山《わいたさん》へと続く裾野は一面の薄野で、夕映えに光る穂波は、初冬の冷気の中で深厳な輝きを見せていた。父は、「ちょっとここでよこおうか（休もうか）」と牛を止めて、その眺めに見入るふうであった。「こげなところを絵にできんもんかね……」。父は、私が僅かな持ち金の中から、通信教育の講義録など見ているのを知っていた。

「絵を描きたい」などと何気なく夕餉の折に云ったとき、長兄は強い口調で反対した。「絵では食えない」ということであったが、それより、弟たちと共に労働力として、もう欠かせない一人に私もなっていた。それに、兄自身は頭も良く、絵が上手《うま》かった。早くから家を離れ、大陸までも知っている私への複雑な思いもあったに違いない。幼時の怪我で左手が少し不自由ということもあり、長男でなければ兄こそ絵を描きたかったのかも知れない。父は、私と二人の折、なにもしてやれないが、好きなことをやれ、といってくれた。

淡く雪が降り積んだ寒い日であった。その日は、窯に原木をつめる作業に、次兄も来ていた。と、誰一人訪れる人もない炭焼き小屋に、珍らしく雪の中を村の知人が来た。努めて世間話しをするふうであったが「茂（父の名）さんの具合が悪いとか言っていたが……」と言う。実はそのときには既に父は死んでいたが、そのことは言わず、一緒に村へ帰るよう強くいうのだった。しかし、宵闇に浮かぶ雪路を多くの足跡が我家へと続いているのを知ったとき、祈るような思いの中で父の死を悟った。

未熟な炭焼きの仕事は、思う程の収入にもならぬままに終った。農閑期の収入を得るために、椎茸業者の賃仕事の請負い作業をした。これは、血尿を出す程の重労働で、危険も伴ったが、良い収入だった。これが終ると、杖立の旅館改築の土木作業に出るようになった。

一日が二百九十円になった。馴れれば三百円になるが、十円の差がどうしても縮められなかった。賃銀を貰う日、仲間と酒や生菓子に必ずなったが、一ヶ十円の生菓子で冷やかされる羽目になるのがいつものことだった。

一日の仕事が終ると、公衆浴場が待っていた。老若男女、浴場は賑やかそのもの。混浴といっても慣れれば何ということもなかった。高校生の女の児も平気なもので、朝湯で一緒になってもニコニコしていた。ある夕方、相変らずの雑多な賑いの中で、一緒に働いていたおばさんが、素っとん狂な声をあげた。

「ちょとおー、このひとは、あたいの尻べたをなぜおったバイーッ」と、ボクシングのジャッジのようにして手首を把んで差しあげ、みんなの眼が見知らぬその男の顔に注がれて、どっと湧いた。

復員兵、戦争未亡人、引揚者、農家の男女と、私も含めた行き場のない人間たちが、戦後の上昇気流にすがるようにして谷底の温泉街に生きていた。仕事にも馴れ、石の動かし方やコンクリート作業、軽業師《かるわざし》のような高層のための木材での足場組みも、次第に人並みになっていった。

谷底での陽の光りは、遅く出て、早く翳《かげ》る。渕の水が深く澄む寒い日、石を割る石工の玄翁《げんのう》（鉄槌）が、過って川に落ちた。渕に沈んで見えるそれを指し、工事依頼者の旅館主は、私に向い、「あんたシベリア帰りだけん、寒くは無かろうが、早く水に入って拾わんや……」。そうした底辺から見える諸々の人間風景は、多くの示唆を含み、いまも私の中に生きている。

そのころ、新聞紙上で海老原喜之助という画家の名を〈殉教者〉とか〈友よさらば〉などの作品写真と共に心に刻むようになっていた。途切れながらも通信教育は続けていた。あるときは、杖立に住む中学教師に伴われて、大観峯を越え阿蘇谷に住む小国出身の画家坂本善三を訪ねたこともあった。また、東京の大学へ進んだ小学校のクラスメートの帰郷を聞き、東京の現状を尋ねたりもした。彼は、ギターで〈湯の街エレジー〉を弾《はじ》いて見せ、対日平和條約調印のあと日の丸の旗を売って儲けたとも云ったが、それらは何とも遠い話でしかなかった。

あるとき、久しぶりに実家へ帰ると、祖母が独り留守居をしていた。祖母は、私が家におるときに描いた父の似顔絵を持ち出し、村の古老が旅の肖像絵師を伴ってきて、亡き父のための肖像画を描くよう勧められたという。祖母はそのとき私の絵を示して、それを断ったらしいが、絵師はそれを手にとり、しきりに頷いていたと祖母は言った。そこには、私を駆りたてる何かがあった。

祖母は気丈な働き者で、早く母を亡くした男児ばかりの孫達を、無言の優しさで庇い育ててくれた。私は後に〈聲〉と題した作品を描いたが、この作品に祖母の姿を秘かに重ねた。私は高等科の二年間、寒冷の冬の間、とうとう足袋を履くことをしなかったが、祖母は、母の亡い児と思えばこそ履かせたかったらしく、素足のままで一向に平気な私を見ては嘆いていた。祖母は、ドブロク酒を造るのも上手《うま》く、村の者にふるまい囲炉裏端で飲むことも愉し気であった。また、旅の物売りが何かで凄んだときなど、肥《こえ》びしゃくを構えて追い払ったこともあった。私がシベリアから帰ったときには、背中に大きな腫物をつくって寝込んでいた。満州で医務室で働いたことのある私が、和剃りで思いきり切開し、元気をとり戻したが、麻酔なしで声もあげないそのつよさには驚いた。

祖母はその後、九十二歳まで生きたが、最後までぼけることもなく、手みやげの小瓶の酒を、何よりも喜んでくれていた。

熊本市に開かれた海老原美術研究所（エビ研）のことは新聞紙上で知った。天気に左右され、不安定な日傭い仕事は、どんなに馴れても限界があった。熟れた豆がはじけるように、谷底の温泉街からの脱出を、私は伺っていた。

一九五三（昭和二十八）年一月二十八日、私は、小さな竹行李に、祖母が縫い直してくれた父の形見のきものや僅かな本などを詰め、ゴム長姿で、杖立の「陣屋」の停車場から、中学校の美術教師内田労と幼時からのクラスメート穴井昭二に見送られ、熊本行きのバスに乗り込み、再び大観峯を越えた。

それは絵というデーモンに魅入られての、成算を欠く新たな私の旅立ちであった。

青春の墓標

一　シベリア――幻視

一九七〇年秋、私は、秋の原野の蒼空に、巻雲となって立ちのぼる骸骨の列を、できるだけ透明にと思いながら描いた。最初はどうしても陰惨になって、一日の仕事を終えて帰宅した妻は、それを嫌がった。そして幾度かやり直すうちに、肩の力が抜け、一気に仕上げタイトルを「晴れた日に」とした。

私は、一九四九年の晩夏に、四年のシベリア抑留から解放され満州も含め七年ぶりに故郷の我家に還った。阿蘇の農家は、九月になると家畜の牛馬の越冬の飼料として干し草刈りに精を出す。還ったばかりの私も、安閑としてはおれず原野に出掛け、共に働いた。

その頃は、若くもあり、過去を想うより、未熟な農作業に馴れることの方に精一ぱいで、逞しい働き手となった弟達に教わりながらであった。

それにしても、爽やかな秋風の故郷の山野は、平和そのものであった。牛を追いながら唄う末弟ののびやかな盆唄は、野面《のづら》を渡り、蒼空へとぬけ、私の心に深く沁みていった。

それは、故郷に唄い継がれた盆踊りの唄で、死者への弔いの唄であった。

満州そしてシベリアで否応無く見た多くの不条理な死。そのことは歳月を経ても疼きとなって甦る。作品「晴れた日に」を描くことのできたのは、蒼空に吸われる盆唄を聴いてから二十一年目のことであった。

二　シベリア――飢え

極寒・飢え・重労働・軍隊組織の桎梏そして民主運動。抑留体験者全ての中にそれは刻まれている。

中でも飢えは人間の尊厳を見失わせ、人格の統てを顕《あらわ》にする。

一九四五年十一月、シベリア鉄道イズベストコーワヤの収容所で七名の脱走者を出し、処刑は無かったが、いきなり奥地へと雪の中を運び込まれたのが、ハバロフスク（四）地区二〇一分所（ラーゲリ）であった。

古びた陰気な丸太造りの数棟。急造の鉄条網と監視塔。それが幅三、四〇メートル程の河沿いにあった。そこで二度の冬を越したが、四年の俘虜生活の中でも、最も苛烈な印象を残している収容所であった。

私は、満州で三度の冬を経験していたが、シベリアの冬は想像を超えた。日本へ帰すと騙し続けて運び込まれた人家一つない河と森の中の収容所。鉄砲の扱い方さえ知らないまま敗残の兵となった召集兵が殆どといってもいい集団であった。それでもまだ体力のあるうちは何とか耐えることができた。

夜は電灯も無い荒板造りの二段ベッド（コイカ）。敷物も被るものも無く殆ど着たままごろ寝の状態で横になる。

暗がりの中で、前途の不安を打ち消すように、娑婆での海千山千の色咄《いろばな》しが始まる。女の手に触れることさえ無く俘虜の身となった私には、咄しの意味は解ったり判らなかったり……。眠れぬままに聴き耳を立てていた。

しかしそれは長くは続かなかった。

奥地へのトラックの輸送が困難なのか、食糧そのものの欠乏が原因か、それは次第に後者であることが分かってくる。日に日に黒パンの量が少なく、小さくなり、スープの実も忽ち消えて魚のうすい味とあるか無いかの小骨だけの塩汁となっていった。

ある時期、昆布ばかりが幾日も続き、ある時は豌豆や小豆ばかり、それも塩汁に皮が浮いているといった状態。また原穀の小麦が続き、丸太を渡した露天の便所では、目の前に屈む兵の尻からぽろぽろの不消化の麦粒と共に切れた痔から真っ赤な血が垂れて、凍てついた糞柱に巻きつくように流れるのも見た。

容赦なく襲いくる飢え。まだ残る軍律に支えられた誇りも失い、上級兵が下級兵の手から食糧分配の匙を奪い、血眼の仕分けを見なければならない哀しさ。煮えたぎる塩汁に手袋のままの手を突き込んだ兵もあった。

馬糞《ばふん》が馬鈴薯に見え、煉瓦がパンに見える。私は、つるはしで起したツンドラが黒砂糖の塊に見え、何とも切ない想いもした。

歩けばトラックの車輪でつるつるに凍てついた道で、箸程の小枝にさえつまずき転ぶ。それへ折り重なる。声もあげずに無言劇のようにしてのろのろと起き、そして歩く……。

頭の片隅では、何故、どうして……と思いがよぎる。

その頃、元気のあるのは特別給与の将校たちと炊事班ぐらい。炊事班長は、上等兵とも兵長とも知れぬ、Mという関東出身の兵で、全身に刺青《いれずみ》があると恐れられていたが、収容所の食糧の統《すべ》てを任されて、隠然たる力を持ち、シベリア天皇と陰口されていた。

その炊事当番になる兵はどのようにして選ばれるのか知らなかったが、ある時期、その一人の上等兵と枕を並べたことがあった。

北海道出身といっていたが、口数が少なく優しく接してくれていた。

炊事班員は、朝は早く、夜は遅く帰ってくる。そして眠っている私をつついて、そっと貴重な角砂糖をくれたりもする。

そんなある夜、作業の疲れでぐっすり眠っていた私は、上等兵に力いっぱい抱きつかれ、突然のことに驚いてコイカの上段から跳び降りたことがあった。

私は当時十八歳。飢えてはいたが病気一つしたことも無く、ソ連軍女医に尻の肉をつままれての一級から四級までの仕分けでは、必ず一級で、内心では一度ぐらい三級の軽作業（室内）になってみたい気もあったが、まるで縁がなかった。

上等兵の一件のあと、変なはなしだが、あるとき、自分の一もつを、ぴんぴんとやって見た。しかし、何の反応も無かった。

飢えに打ちひしがれたシベリアでは、それも笑えぬ現実であった。

二〇一分所は、他の収容所とは連絡も交流も無く、当時は全く孤立の状態であり、ましてや最下級兵は何一つ判らぬままに、維持された軍隊組織の重圧に加え、ピンはねされた最小のパンで生きていた。最下級兵でも召集兵には深い教養と高学歴の人もいる。それが一片のパンの前に脆くも崩れ去る哀しみも知った。

そうした兵たちの怨嗟《えんさ》の声は、やがて最下級兵自ら階級章を捨てる行動となり、それがソ連側にどう伝わったのか、大隊長以下の将校やM等も、何時の間にか次々と二〇一分所から姿を消し、何処へか移されていった。

その前には、山神府満州第八十四部隊入隊以来の老兵の多くも衰弱した姿で、トラックに乗せられ運ばれて行ったのだが、その後の生死のことは判らない。

三　シベリア——再生

私は、満州とシベリアの七年間、異境で過し、人は様々のことを云ってくれるが、幸いなことに親がそのように産んでくれたのか、病気らしい病気には一度もならなかった。

阿蘇で生まれ育ったせいか、満州の寒さも何とか耐えられたし、そこでの三回の越冬で、極寒のシベリアも他よりもうまく凌ぐことができたのでは、と思っている。

それは、労働についてもいえる。恐ろしい飢餓地獄のときを除けば、どんな作業にも順応できたように思う。シベリアから還り、農業、炭焼き、土工と転々と肉体労働もしなければならなかった。初めこそ戸惑うこともあったがすぐに順応できたのは、何と云っても、病むことの無い恵まれた五体の丈夫さがあったからだ。

満州では、一時医務室勤務をしたり、シベリアでも、囚人に殴られた揚句に、一度だけだが米の飯を食わせられたり……。思いがけず、寒中の作業を免れて、好きな絵を描いたりもした。他にも人との出会いもあって、こちらから求めた訳でも無いのに、幸運にも恵まれていた。

私は、一途な軍国少年であったが、敗戦前後から信じるということが怪しくなり、特にシベリアの飢えの中での心の痕は深く、いまもふと疼きとなって甦る。

私は、シベリアの飢えの中で、信じていた人から命の綱のパンを盗まれたことがあったが、それを憎むことより哀しみの方が大きく、その背後にある闇を想うように、少しずつなっていった。

それは、満州の医務室での幼い拓友の死に立ち会った時の複雑な想いにも通じていた。

軍隊に入って知った言葉に「員数を合せる」というのがある。新兵は身の廻りのものを失くすることが度々あった。古兵からは、「盗られたら、盗って来て員数を合せるんだ」と怒鳴られたものだが、嫌な言葉として忘れない。例え命の綱のパンを盗まれても、盗む気にはならなかった。若さの持つ潔癖さもあったが、まだ耐えられる体力もあったのだろう。齢を取り、体力も衰えると、見苦しくとも生きようとするだろうし、もうそんな自信は、無い。

私は、いま八十二歳。シベリアから還り、絵が描きたくて、絵描きになった。師に恵まれたこともあって、絵が少しは世間に認められ、それで絵を視るために、ヨーロッパ各地を旅することもできた。

憧れの地ヨーロッパは、私にとり、正《まさ》しく宝の山であった。西洋美術について、系統立てて学ぶことのなかった私は、靴を摺り減らし、全身を眼にして、古典の前に佇《た》つ欣びに浸った。折良く、恩師の海老原喜之助先生も滞欧中で、パリに居を構えていた。温かく迎えてはくれたが、そこでは日本での師の姿とは異り、自身の日本での成功と栄誉を棄てる覚悟で、一から出直そうと苦闘する姿があった。

「俺たちは、負け戦だったねー」。何かの折にふと漏らした師の言葉は、ジャコメッティやカンピリなどエコール・ド・パリの残照の中で、共に切磋《せっさ》し合った彼等の現在の世界的名声に対する、日本での小成に甘んじていた自分への慚愧《ざんき》の言葉とも聴こえた。

そうしたパリでの師のうしろ姿は、漫然とした美術館巡りへの大きな戒めとなった。孤独な旅であった。厖大な遺産の前で、感動とは別に、描くことへの不安も次第に膨らみ、茫然となって部屋にこもることもあった。

誘われて、パリの地下墓所（カタコンベ）を訪ねたのは、そんなときだった。

パリの建造物は、殆んどがベージュ色の砂岩でできているが、地下墓所はその石材を採掘した空洞に、地上の墓の遺骨を移したものらしい。その無数の人骨の山というか、壁が延々と続く。眼窩に闇を湛えた骸骨の無常の壁。その前を歩くとき、異界への底知れぬ畏れと、人間の尊厳、生と死について、ここほど深く考えさせるところは無かった。そしてそれが、あの青春の日々に深く刻み込まれた戦争の傷痕へと連なり、描く方途への啓示となった。

一九六九年秋、ヨーロッパから帰り、沈潜のあと描き始めたのは、花に覆われた墓塚「夏の花」からだった。それは「晴れた日に」、「墓を訪《と》う」と続き、〈死者のために〉のシリーズとなって、いまもそれを描き続けることになってしまった。

Ⅱ

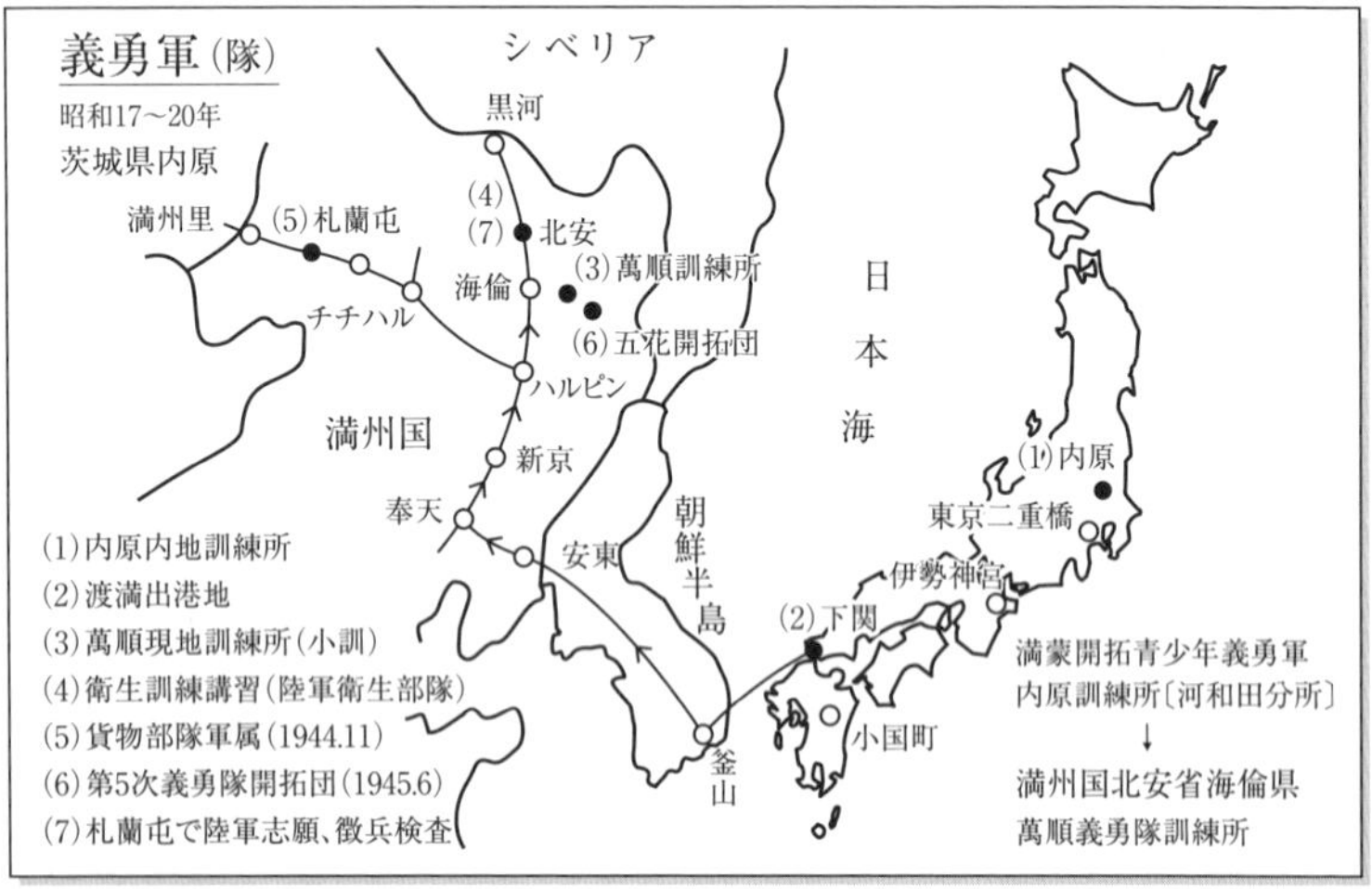
義勇軍（隊）
昭和17～20年
茨城県内原
シベリア
黒河
(4)
(7) 北安
満州里
(5)札蘭屯
(3)萬順訓練所
海倫
チチハル
(6)五花開拓団
ハルピン
日
本
海
満州国
新京
(1)内原
奉天
東京二重橋
安東
朝
鮮
半
島
伊勢神宮
(2)下関
釜
山
小国町
(1)内原内地訓練所
(2)渡満出港地
(3)萬順現地訓練所（小訓）
(4)衛生訓練講習（陸軍衛生部隊）
(5)貨物部隊軍属（1944.11）
(6)第5次義勇隊開拓団（1945.6）
(7)札蘭屯で陸軍志願、徴兵検査
満蒙開拓青少年義勇軍
内原訓練所〔河和田分所〕
↓
満州国北安省海倫県
萬順義勇隊訓練所

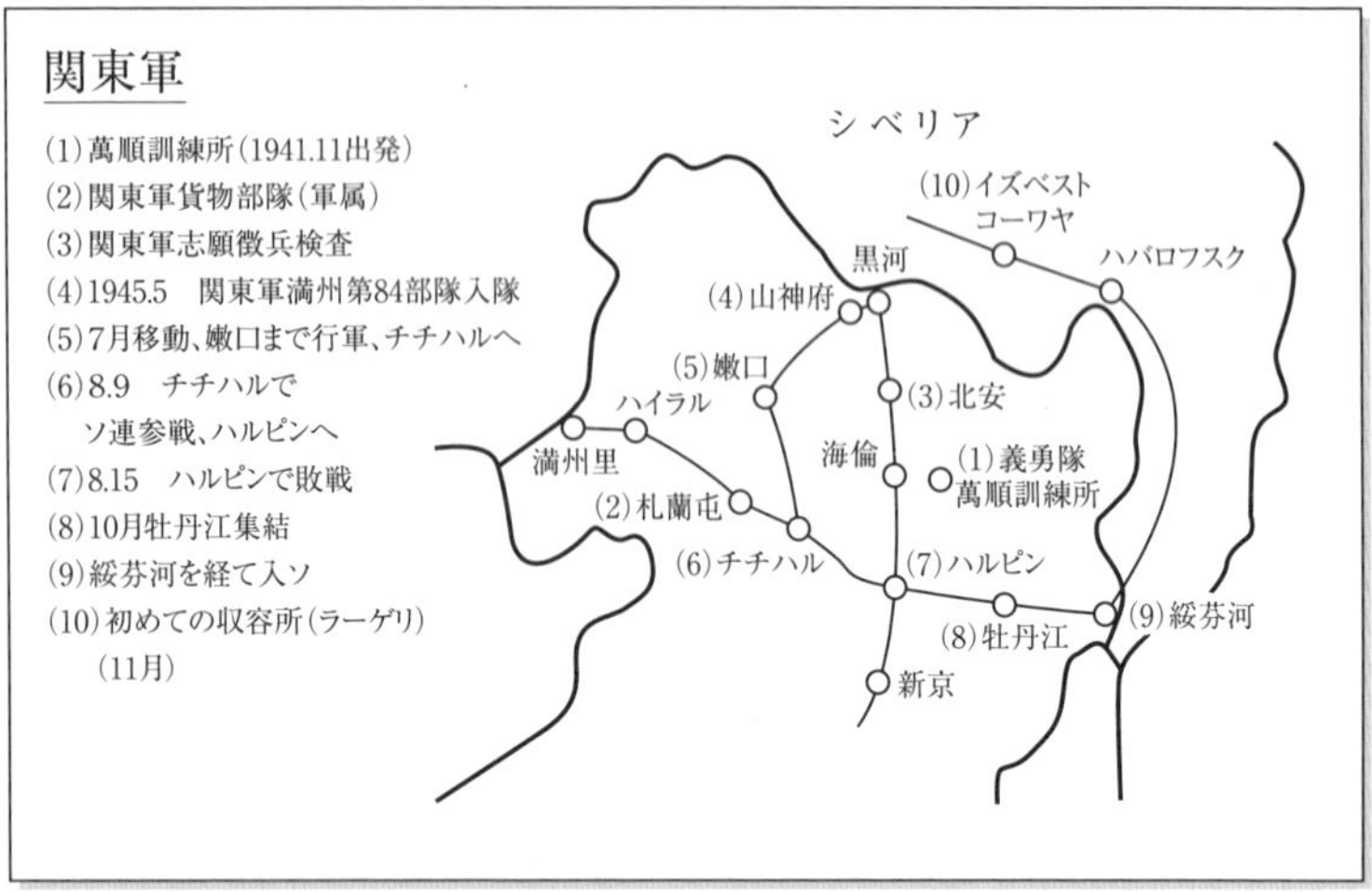
関東軍
(1)萬順訓練所（1941.11出発）
(2)関東軍貨物部隊（軍属）
(3)関東軍志願徴兵検査
(4)1945.5　関東軍満州第84部隊入隊
(5)7月移動、嫩口まで行軍、チチハルへ
(6)8.9　チチハルで
ソ連参戦、ハルピンへ
(7)8.15　ハルピンで敗戦
(8)10月牡丹江集結
(9)綏芬河を経て入ソ
(10)初めての収容所（ラーゲリ）
(11月)
シベリア
(10)イズベスト
コーワヤ
黒河
ハバロフスク
(4)山神府
(5)嫩口
(3)北安
ハイラル
海倫
(1)義勇隊
萬順訓練所
満州里
(2)札蘭屯
(6)チチハル
(7)ハルピン
(8)牡丹江
(9)綏芬河
新京

満州・シベリアの七年

阿蘇に育つ

実直だった父

いま八十歳の私は、昭和二年十月十日に阿蘇の小国《おぐに》で生まれた。家にあった分厚い家庭医学書を小学生の頃に読み漁り、人間の子は十月《とつき》と十日《とうか》で生まれると知り、父に「オレは、正月の子ばいナ！」と言ったら、返事の代わりに小さな拳骨《げんこつ》をコツンと貰った。

父のような人間を謹厳実直と言う人もいるかもしれないが、女二人、男六人の子沢山《だくさん》、祖父母も加え十人以上の家族で、母と共に中の下くらいの百姓では、その切り盛りも大変だったに違いない。それでも大声で怒鳴ったり、子どもを叩くこともしなかった。

ある時、私の眼の縁におひめさまができて痛んだ時、物陰に呼んで、いまから呪《まじな》ってやる……と口をとがらして息をぷっと吹き掛けた。その効き目の程は忘れたが、父の眼は笑っていたので、自分でも信じてはいなかったに違いない。また、年に一度の鎮守の祭りの時は、子どもそれぞれに、十銭とか十五銭ぐらい年齢の順に小遣いをくれたが、私は何やらに使い果たした後になって、小さなハーモニカを見つけ、それが欲しくてたまらなくなり、地べたに寝転んでバタバタやって父にせがんだ。結局は買って貰えなかったが、怒りもせず、じっと私を見つめていたその眼と、赤土の地肌の感触を忘れずにいる。

父は日頃、背筋を伸ばし、卓《しょく》と呼んでいた机に向かって書き物をする時があったが、その後ろ姿は好きだった。甲種合格で兵隊の経験もあって、あの悪名高い第二次大戦時ビルマ作戦の部隊長牟田口廉也中将が熊本の六師団十三連隊少尉の頃の従卒であったらしく、牟田口少尉と一緒の立派な写真があったのを憶《おぼ》えている。

ある日、風呂から出た時に直立の姿勢を私にさせ、じっと私の躰《からだ》を見ていた父は、私が兵隊になることを望んでいたらしい。

その頃、満州事変から帰還の黄色い襟章の砲兵上等兵宮崎要《かなめ》さんの立派な兵隊姿を、村中総出で出迎えたこともあった。

八人きょうだい

私は中央画壇とは縁のない、地方に住む絵描きで、画家と言うのには少々気の引ける存在でしかない。私は美術学校で教育を受けたこともなく、昭和という戦争まみれの中で生き延びて、定職にも就けず、まずは食うために仕方なく肖像画家の道を選んだ。しかし、子どもの頃から好きだった描くことの欣《よろこ》びはそれだけでは満たされずにいたが、優れた師と出会うことで真底から絵に没頭することができ、現在に至ったことは、仕合わせとしか言いようがない。これまでには師はもとより、妻をはじめ多くの人との出会いに恵まれた。いま、書くとするならば、それらを絡めながら過去、現在、そしてこれからへの想いを、私なりに記してゆきたい。

私は、熊本県阿蘇郡小国町大字下城四三六三番地（通称・下城田原《しもじょうたばる》）で、農業宮崎茂・ソチの六番目四男として生まれた。姉二人、兄三人、祖父母も健在で、後に弟二人が加わる。

私が物心つく頃には、長女ハナコは既に嫁ぎ、次女ツヤ子は紡績女工となって大分県中津の工場で働いていた。その工場へは小学同級生でもあった従姉妹《いとこ》のアヤという人も一緒で、幼い二人が助け合う姿が想い浮かぶ。私たち男兄弟は高等小学校を卒業できたのに、姉たちは小学校だけで異境に働きに出ていた。それが、昭和初年の農村の現実だったのだろう。後に姉に見せられたまだあどけなさの残る女工姿の写真が、眼底《まなぞこ》に残っている。その姉のことを〈日傘〉として書いたことがある。

……夏、盆になると姉は帰って来た。

私の生まれた家は、小さな峠にあって、東に涌蓋山《わいたさん》がみえ、西には津江の山脈を見渡すことが出来た。そこには筑後川の上流が深い峡谷をつくり、温泉が湧いている。

姉は、その温泉からの急な坂道を登って帰って来るのだが、幼かった私たちは、庭先の孟宗竹の間から見えるその坂道に現れる姉の姿を待った。

姉は日傘をさしていた。私や兄は坂を駆けくだり、遠くから帰って来た姉の、日傘の中の上気した顔を見るのが嬉しくてならなかった。（『絵を描く俘虜』石風社）

軍事色の時代

満州事変は、昭和六（一九三一）年九月十八日に関東軍の謀略による奉天（瀋陽）郊外の鉄道爆破で始まるが、一九二九年十月のニューヨーク株式市場大暴落による世界恐慌の波及と東北地方の冷害による農村疲弊など、いわゆる昭和恐慌のただ中でもあった。

その頃だったと思うが、県境を越えた大分側の久住高原辺りを演習場にした騎兵部隊が長い列をつくり、家の前の道を杖立温泉方面へ降《くだ》って行ったことがあった。

父は牛飼いのための駄桶《だおけ》という大型の桶を幾つも道端に置き、私たち幼児までも一緒になって、騎兵隊の馬たちのために水を汲《く》み続けたことがあった。そして、脚を痛め遅れて続く兵馬を懸命に労《いたわ》る父の姿と、下級兵士の疲れ切った姿を思い出す。時代はそのようにして次第に軍事色に染め上げられていったように思う。田河水泡の「のらくろ二等兵」もその頃に『少年倶楽部』で連載が始まり、少年たちの心をとりこにしていった。

私の長兄強《つよし》は十歳違い。本なども少しは読んでいたようで、田山花袋や島崎藤村などの文庫本が家にあったのを憶《おぼ》えている。絵を描くのも上手で、『キング』という分厚い大人の雑誌にある岩田専太郎などの挿し絵を模写して飾ったりしていた。それを私も見よう見真似で描いたりしていたが、私が絵を描くことに興味を持ち出したのも、その頃だと思う。

残念ながら、西洋美術などの本はなく、絵と言っても、見るものは雑誌の挿し絵か盆提灯に描かれた草花、あるいは床の間の怪しげな山水画ぐらいで、ほかには兄たちの教科書の画手本《がでほん》があったが、これには手を触れさせては貰えなかった。弟たちはまだ小さく、兄たちは学校で、遊び相手は近所の学校嫌いのモリしゃん（盛清《もりきよ》）という次兄諫夫《いさお》と同年の児《こ》。この先輩には、良かろうが悪かろうが何でも教わった。そして、一人でいる時には絵を描いていればよかった。

村には、面白い大人もいて、昔ラッパ兵だったイチマツさんや、猟師で鉄砲撃ちのアサキさんもいた。

青年は二十歳になると徴兵検査があり、甲種合格となると軍隊に入る。それを入営と言っていたが、その出発の時、イチマツさんが勇ましくラッパを吹き、アサキさんが何発かの空砲を撃ち、若者は出発して行った。

父とリヤカーを

昭和八年二月、阿蘇山の大爆発があった。私の生家の前は細長く東西へ伸びる台地となっていて、南北朝時代の城跡や小さな大師堂などがある。その大師堂の小さな庭から南方に遠く、阿蘇五岳（一五九二メートル）が見え、木の間越しに見た爆発の様子は強烈であった。昼間の中岳の大噴煙もそうであったが、夜、燃えたぎる巨石が音もなく空中に浮かび、やがて地鳴りのような爆発音が重く伝わってくる。私はまだ六歳になったばかりで、寒さと、その恐ろしさに震えながら見ていた。

その暗く、身にこたえる風景は、深く心に刻まれていて、忘れることができない。

私たちが学んだ小学校は筑後川上流の杖立川の川沿いにあり、下城《しもじょう》尋常高等小学校と言った。そこは深い谷底で、学校までの道は急な坂道しかない。今でこそ舗装されて乗用車も通うが、当時は荷馬車がやっと通れるでこぼこ道で、雨期には崖崩れの絶えない道でもあった。恐らく村には自転車さえなかったと思うが、何故か我が家にはリヤカーが一台あった。私の母は小柄で丈夫ではなかったが、そのためかお大師さんを信仰し、大師堂の世話もよくしていた。ある時、新しい石の観音像を祠ることになり、村の信者たちでその石像を谷底の県道から運び上げたが、その時にリヤカーを購入したのだろう。

そのリヤカーで、父と二人でと言うより、父にくっついて学校近くまで荷を運んだことがあった。父が車を引き、私は尻につけた縄を懸命に引っ張り、ブレーキの役目をした。それは大変だったが、荷物を降ろし、学校を見ながら父と握り飯を食ったのはうまかった。

学校は、校庭を囲むように奉安殿、水場、裁縫室（作法室）、そして南向きに小学生と高等科のための各教室がH型に並び、さらに裁縫室に向き合うように運動場を隔てて講堂（雨天体操場）となっていた。ちょうどその雨天体操場では、高等科の男子生徒たちの剣道の練習中で、その掛け声や踏み込みの音が響いていた。私はそれが見たくてたまらず、校庭から窓にしがみついて中を覗き、胸をわくわくさせていた。

帰りも坂道は大変だった。父は、一個の夏みかんを買っていた。坂を登り切った所に巨《おお》きな松があり、豊前松と言った。その下で休みみかんを剥《む》いてくれた。それまで見たことのない大きさ、艶やかな色と香り、そしてその酸っぱさも、初めてであった。

「ススメ　ヘイタイ」

昭和九（一九三四）年四月、私は小学一年生になった。

アルミの弁当箱には、打ち出された梅の花。斜めについた箸入れには、アルミの箸が入っていた。ごわごわの黒い雑嚢《ざつのう》、そしてゴムの短靴。何もかもが新しくて、嬉しくてたまらなかった。

机も椅子も新しくて、蓋《ふた》のついた上の方は黒く、下は黄色。黒い蓋は、つばを指につけてこすると、鶏《にわとり》の糞の匂いがした。

先生は高村キヌ先生。おばさん先生であった。四年生になれば杖立分校から男女十五人が加わるが、本校だけで男女三十八人。三十戸足らずの私の集落田原《たばる》には九人の同級生がいた。生めよ増やせよの時代とは言え、どの家も子沢山《だくさん》で、学校は子どもたちで溢れていた。

兄たちの本は、地味で黒一色。「ハナ・ハト・マメ・マス」と大きな声で兄が読んでいたのを覚えている。

最初に、「サイタ　サイタ　サクラガ　サイタ」と習った。次には、「ススメ　ススメ　ヘイタイ　ススメ」であった。そこには、色つきのおもちゃの兵隊が鉄砲を担いで進んでいた。訳も分からずに私たちは大声で、喜んでそれを読んだ。

学校は楽しかったが、いろんなことがあった。ある時は蓋についた箸がどうしても取り出せず、ベソをかいて三年生の兄幸夫に開けてもらいに行ったこともあった。また、家に法事があり、早引けを許され、先生は「ごちそうが食べられていいね……」と言った。家に帰るなり、私は母にそのことを言った。翌朝、母は先生にと、竹の皮に包んだ煮しめを私に持たせた。それを先生に差し出したら、先生の顔が真っ赤になり、私はそれが不思議でならなかった。

ある時は、家で描いたおがも（カマキリ）の絵を先生に見せたら、驚いて何も言わずに職員室へ持って行ってしまった。その後、教室の中に箱庭を作った時、湿った砂の低い山に、先生は緑色のチョークを粉にして振り掛け、そこへ兎《うさぎ》と亀を厚紙に描いたのを置いて、『うさぎとかめ』の話をした。その切り抜いた兎と亀の絵は、私に描かせた。

そのことを父母に話したかどうかは、覚えていない。父母たちは毎日が忙しく、私は学校を休むこともなくて、元気だった。

全校写生大会

四年生になると、杖立分校から十五、六人の生徒が加わり、クラスは五十四人に膨れ教室は満杯。先生は男の先生で、久米勉先生。久米先生は話し好きでのんびりしており、怒ったりすることも少なく、六年生まで担任してくれた。

しかし、のんびりし過ぎて教科書が年内に終わらないこともあり、高等科になってから困ったこともあった。

絵の方は相変わらず好きで、得意であった。毎年七月七日七夕《たなばた》の日には、高等科も含めた全校写生大会があり、三年生の時に枝つきの枇杷《びわ》の絵を描いて金賞を貰った。同じ金賞だったと思うが、上級生で女子の東さんという人は繊細な美しい絵を描く人であった。

三年生の時は少し生意気にもなっていて、担任の瓜生田《うりゅうだ》先生が病気か何かで休み、その代わりに美人で若い貴田《きだ》先生が来た。その貴田先生を泣かしてしまったことがあった。

そのことを母が知り、母は私を座敷に座らせ、叩きはしなかったが、「そんなことでは四年生になって杖立から分校の生徒が来るようになったら、勉強も負けてしまう」と、きつく叱った。多分、賞を貰ったりして、私は少し天狗になっていたのかもしれない。

これは四年生になってからだが、忘れ物をして久米先生に家まで取りに帰された時、家ではちょうど食事中（農繁期は朝が早く、四度食事をする）だったが、母は「勉強のために学校へ行っている者が……」と言って、席には加えてくれず、追い立てられるようにして学校へ走った。ところが後ろから呼ぶ母の声に立ち止まると、母は封筒に入れた焼き米（非常食的な炒《い》り米）をくれ、走りながら食べるようにと言った。その息せき切った母の、その時の声を忘れない。

また、父は、私が苦労して捕まえることのできた見事なつのむし（オオクワガタ）を、発電所の男の子が持って来た五十銭銀貨と換えて持ち帰ったのを知ると、厳しく私を叱り、学校近くの発電所の社宅まで夕暮れの道を一人で返してくるように命じたこともある。

私は四年生から級長になり、それは高等科二年の卒業まで続いたが、級長は先生からの指名ではなく、クラス全員の投票であった。私が絵が少し上手《うま》いということの、人気投票の結果で、成績は他に優秀な児《こ》もいたし、少々怪しいのではと思っている。

記憶の中の母

母は、私が小学五年生の夏に逝《い》った。

もともと丈夫な人ではなかったが、多くの子を産み育てて、懸命に働き続けたのだろう。次第に病むことが多くなった。

その年の春、次兄諫夫が、高等小学校卒業と同時に八代の松田農場に行くことになり、その出発の日、母は病み姿で歩いて村の辻まで送り、兄の姿が見えなくなるまで佇《た》ち続けていた。それが、次兄との別れとなった。

その後は急速に弱り、杖立の医院近くの宿の一室で療養していた。

すぐ上の兄幸夫は高等科一年。兄と私は、毎朝のようにかるいてぼ（負い籠）に、間引き菜や花などを整えて入れ、杖立の温泉旅館街を売り歩き、母の顔を見て学校へと走った。その頃はよく遅刻もしたが、先生は何も言わなかった。

また、母の具合次第では、学校近くの諸式屋（雑貨屋）に電話があり、主人の万《まん》さんが禿げた頭を教室の窓から覗かせ、それを知らせてくれた。兄と私は、空籠を背に懸命に杖立に走ったことも何回かあった。

昭和十三年七月十五日早暁に、母は息を引き取った。家でまだ眠りの中にあった私たち兄弟は、鋭い長兄の声に起こされて母の死を知らされた。そして、谷合いの杖立からの坂道を戸板に乗せられて帰ってくる、白い小さな母の姿を見た。

母は、私たちのために、一葉の写真も残してはいない。しかし、遠く遥かな記憶の断片の中に、母は今も生きている。

草泊まりの小屋で、眠りから覚めた私が、深い霧の中の鎌の音を頼りに、声を限りに泣いて母を求めたのは、幾つだったのだろう。

素手でしろあえを混ぜ、夕餉の支度をする母を見ていて、好物のはずのそのしろあえを、ウラメシイキ、クワン（汚らしいから食べない）と急に言い張って母を困らせた夜。

雨戸の節穴から逆さに障子に映る外の景色を喜ぶ、病む母に、弟たちと代わる代わる外に出ては、手を振り足を上げてでたらめな踊りを見せた、あの頃のこと……。

母のいない家は、寂しかった。家中が空虚の中に沈み込み、小学一年生になったばかりの末弟喜利夫は、泣いてばかりであった。

それからは家の女手は祖母一人となり、祖父以下八名の男たちの身の回りを、祖母が気丈に護り通すようになり、私たち兄弟の母親代わりとなる。

野菜売り

母の死後、祖母サワは多人数の家族の中の女手一人、通学の男児四人の母親役も、実に細やかにやり通す人だった。

私たちもまた、当然のことながら、出来る範囲の手伝いは欠かさなかった。朝の雑巾がけ、坪《つぼ》(庭)の掃き掃除、兄幸夫は弟三人のための弁当作り等々。それに、四、五頭の牛飼いなどがその頃どの家でも、子どもたちが果たす役目であった。あの、藁《わら》切《き》りと言っていた稲藁を刻むリズミカルな音と、駄桶《だおけ》で混ぜる時の温かい雑穀の匂いは、今でも懐かしい。

昭和十四年、私は小学六年。小学生では最高学年だが、上には高等科があるせいか、特にそのことを意識することもなかった。

ただ、ブルマー姿の女生徒が、何故か眩《まぶ》しかったり、急に女生徒への態度が素っ気なくなったり……。それが思春期というものだったのだろう。

それほどは家計に役立つとも思えなかったが、杖立温泉街への野菜売りは折々、兄幸夫と一緒か、または一人で続けていた。それも、うまく売れる時は良いが、そうでなく学校に遅れそうになり、発電所の放水路に残りをぶちまけて、学校へ走ったこともあった。

杖立に肥後屋という古い旅館が今でもあるが、当主は穴井清吾。私の小学同級生で、元国鉄マン。人に優しく誠実な人柄は今も変わらない。彼の両親、特に母親は、私の野菜や花を必ず買い、「売れずに残ったら、うちに持って来《き》ない」と言ってくれ、つい甘えたくなる人であった。

また、Kという旅館の玄関には、猛虎の絵のある立派な衝立があった。ある時、誰もいない玄関に籠を負ったまま腹這いになって、虎の毛の一本一本までも驚きの眼で見入っていたら、突然大声と同時にいきなり箒で頭を叩かれた。「このよごれぼうずが！　なんしぎゃァ……」と、凄い剣幕の女中に追い出されてしまったこともあった。

六年生も後半になると、上級学校へ進学のため課外授業が始まる。高等科へ進む以外に道のない私にとり、そのこともあって少しつらい時期でもあった。

そして、クラスから進学できたのは、熊中（現熊本高）一、熊商一、九州学院一、小国高女二であった。中には高等科へも進めなかった者もいるが、今八十歳。それぞれ苦難を越えて、立派な人生を生きたと想う。

少年飛行兵への夢

昭和十二（一九三七）年七月、中国・盧溝橋で始まった日中戦争は、とどまる様相も見せず大陸に拡大していった。村の働き者には次々と赤紙（召集令状）が来て、出征していく。学校の講堂には、日露戦争での「三笠」艦上の東郷元帥の大きな画像が掲げられていたが、新しい戦死者の画像もそこに並び始めた。

そして、英霊のための町の合同葬には、下城《しもじょう》校からも生徒たちが長い列をつくって、町の中心地・宮原まで六キロの道を歩いて参加した。

日独伊三国同盟、大政翼賛会、紀元二千六百年を祝う旗行列など世界中が戦争一色となる中で、私は高等科一年へと進んだ。この頃、重臣・西園寺公望が亡くなり、その国葬に刺激され、その画像を私は描いた。それが中央廊下に張り出されていたのを覚えている。

担任の先生は、河津清次先生。呑気な久米先生とは違って厳しい。一学期の通知表にはあひる（乙）が並び愕然となったが、先生からは、少年飛行兵になるために勉強しろと叱咤された。そして、先任地の学校から送り出した少年飛行兵の田中という人の見事な筆跡も見せられた。

祖父辰次郎は、「三年三口《みくち》」を地で行くような無口な人であったが、「男は読み書き算盤が人並みで充分」と、勉強に熱を入れ始めた私に小言を言った。

ある時、村の悪童たちに混じり、学校帰りの坂道で、谷底へ向け大石を転がしては喜んでいた。

ところが、一際大きい石に三人で挑んだ時、弾みで左手の甲から指を潰されてしまった。それは、少年飛行兵への夢も同時に打ち砕く出来事だった。

夢を失った私は、暗くなっていくのが自分でも分かった。温暖化の今と違い、膝までもある積雪の斜面を、孟宗竹を割って作った一本スキーで、その鬱屈を払うように終日独りで滑りまくったこともあった。模型飛行機作りで蔵に籠《こ》もり、眠り込んで一夜を明かしたこと、虚無僧《こむそう》の後を追った挙げ句、祖父の愛用の杖で尺八を作りどやされたことなど、何かに熱中せずにはおれなかった。

私は高等科の二年間、厳冬にも素足で通し、足袋や靴下を履かなかった。祖母は、死んだ母親と、世間体《てい》を気にしてか、「頼むから足袋ぐらい履いておくれ」と嘆いた。

何かが私の中で渦を巻き、気丈で優しい祖母の声さえ聴こうとはしなかった。

開拓義勇軍

昭和十六年、それまでの尋常高等小学校は国民学校となり、教科書も改まった。国民学校一年生の教科を教えるための、いわゆる掛け図も間に合わず、主任教諭の波多野静夫先生はその掛け図を私に描くよう命じた。私は夏休みのほとんどを費やして、その全部を描いた。波多野先生や一年生担任の北里かちえ先生は大層な喜びようで、『プルターク英雄伝』という立派な装丁の本を貰った。

高等科二年は最上級生で、それだけに責任もあり自覚ある行動も求められた。私もそれなりに成長したのだろう、やるべきことは一つずつ乗り越えていった。

阿蘇の農家は、秋の彼岸が過ぎると一斉に干し草刈りが始まる。その前には草をくるための稲手《いなで》というのを作るのが夜の仕事、つまり夜なべである。男の子はそれもする。学校は十日ほどの草刈り休みとなり、子どもたちは喜々としてそれを手伝う。

それも終わった頃だったと思うが、河津先生は開拓義勇軍の話を始めた。その意義や参加することの利点など、次第に熱を帯びていった。そして、しきりにクラスからの参加を勧めた。だが、誰も行こうとは言わなかった。

一つ年上の兄幸夫は、温順な性格。高等科を卒業後は長兄を助け、家の働き手となっていた。兄の高等科の時の担任は、河津清次先生であった。そのクラスからは、第三次満蒙開拓青少年義勇軍に穴井一平《いっぺい》、廣瀬能登《よしと》という二人が参加している。兄幸夫も強く勧められ、一時行く気になったのを長兄に止められたとは、この稿を書く前に知った。

今でこそ旧満州国が日本の虚構傀儡《かいらい》国家であったとは、誰でも言う。しかし、満州こそが日本の生命線であり、五族協和と王道楽土の建設のための農業移民や、閉塞感の中の活路としての満蒙開拓青少年義勇軍への参加を、国策として奨励されるなら、当時普通の民衆にはその真意を計ることは難しかったに違いない。教師もまた上意下達の世界に生きていれば、その生徒たちにそれを勧めるのも当然としていたのだろう。

私は、先輩のために故郷の山涌蓋山《わいたさん》を描いて満州へ送ったことはあったが、自分が行くことは考えもしなかった。

しかし、先生としての責任もあるのか、日増しに強硬となる先生に応えるように、私は手を挙げてしまった。

表彰状に涙

満蒙開拓青少年義勇軍への参加を勧める先生の言葉は、他の者たちにはどう聞こえたかは知らないが、いつの間にか私へ向かって言っているように思えてしまった。

私が手を挙げて起つと、隣の席の高村島一が続いて起ち、「ボクも行きます」と言った。どこか気弱なところもあり、体もあまり丈夫でもない島一の言葉に私は驚きながらも、ある種の感動を覚えた。

しかし、明くる日には「行かない」と言う。父親の猛烈な反対からだった。

私も、夕餉の折、家族の揃った席で義勇軍への参加を切り出したが、「お前を満州へはやらない」と、日頃穏やかな父が、その時ばかりは厳しく言った。私は、一度口に出した以上それを覆しはできないと言い続けたが、最後には黙認の形となった。

そうして結局は、クラスから私一人が参加することとなった。

国策の名のもとに、年端のいかない子ども同様の者たちが、作り上げられた夢に向かって決断するには、他からの大きな圧力がなければ、決められるものではなかった。

その年(一九四一年)の暮れ、十二月八日未明、日本軍のハワイ真珠湾奇襲攻撃。米英国への宣戦布告によって太平洋戦争へと突入する。

相次ぐ戦勝報道。それを聴く中で私は、茨城県内原にある義勇軍訓練所への入所の準備を急いだ。そして翌年の三月初日には、卒業式を待たずに、出征兵士同様に村中の人々に送られて、村を離れた。

後に私は、『門』と題した作品を描いた。そこに象徴的父親像として、満州へ行くことを止めさせた島一の父親を描いた。その人円《えん》さんは不慮の災害で命を落とし、島一ももういない。島一は満州やシベリアで死ななくて、良かったと思う。

父は、昭和十七年三月三十日にあった私の卒業式に出席している。そして、卒業証書と別に表彰状なるものを貰った。そこには、

右者資性温順篤実克ク家業ニ励ミ学業ニ勉メ衆ノ範トスルニ足ル而モ率先満蒙開拓青少年義勇軍トシテ大陸開拓ニ希望セル誠ニ奇篤ノ至リナリ

茲ニ賞品ヲ贈リ其ノ行ヲ表彰ス

そして下城國民學校長山村潤吾の署名がある。

これを手渡された時に涙が出た、と、内原に届けられた父の初めての手紙にはあった。

訓練所へ

保護者も共にということだったのだろう。杖立を出たバスに、父も一緒であった。大観峰からの阿蘇谷、間近に見る五岳。その広大さに驚く私に父は、「ここは、小日本《こにっぽん》ち言うぞ」と言った。それは、さらに広大な未知の世界へ向かう私への餞《はなむけ》の言葉ともとれた。総《すべ》てが初めて。熊本の街の雑踏、チンチン電車にも乗った。棒庵坂、熊本城宇土櫓、百間石垣、そして「銃くれィ！」井戸も。立哨中に眠り、銃を取り上げられて井戸に入水した兵の哀話を訥々と話す父は、自身の初年兵時代を重ねていたのかも知れない。

集合場所は、熊本駅前・藤江旅館（現藤江ホテル）。県内各地から集まって来る緊張した同年齢の少年たち。体格は大小、大丈夫かなと思えるような小柄の少年が幾人もいたし、何よりもその発する言葉の違いに驚いた。

アメリカ帰りという二世の兄弟もいて、横文字ですらすらと自分の名前を書いて見せた。鹿本郡から来たという渡辺兄弟であった。

小国からも河津章三が来ているのを後で知った。後に衆議院議員となる東家《とうや》嘉幸も一緒だが、まだその存在には気付かなかった。私は、父と離れて他人の中にいることを噛みしめながら、じっと隅に座っていた。

明くる日、係に引率されて県庁、藤崎宮を訪ねた後、夜汽車に乗せられ、長い旅の末に東北常磐線の小さな赤塚という駅で降ろされたのは夜中であった。熊本からどれ程の時間か覚えていないが、幾日も列車に揺られている感じが残っていたことは確かである。

迎えに来た幹部の一人に従い、暗い夜道を一時間程も歩いた。やがて疎《まば》らな松林の中に建ち並ぶ異様な建物に分散されて入った。その建物がいわゆる日輪兵舎であった。

中は土間で、真ん中に傘の柄のようにして太い柱が立ち、両方に入り口があり、二階になっている。天井板もなく粗末な板造りであった。それは蒙古の包《パオ》を真似たともいうが、それを発案・設計したのは熊本出身の古賀弘人で、そのことは後で知った。

そこには不寝番がいたと思うが、足を土間へ向け、カーキー色の毛布にくるまった二、三十人が放射状に寝ていた。それは先着の仲間たちで、私たちは十日遅れて来た後続の入所者であった。その先着には鹿児島（奄美大島を含む）出身者が多く、熊本・鹿児島両県の混成集団（中隊）と知らされた。

内原訓練所

開拓義勇軍の訓練

遠い太鼓とラッパの響きで起床の声が掛かる。訓練の始まりである。

ここは、内原訓練所から約四キロ離れた所にある満蒙開拓青少年義勇軍内原訓練所の河和田分所。つまり、内原で溢れた訓練生を収容するために増設された訓練施設である。

中が白く外側が青色の琺瑯《ほうろう》引きの食器は、大中と平皿そして湯茶用の四点が木綿の袋入りで、これは満州現地まで持って行った。

順番に飯上げ当番があり、初めての当番になり炊事場に行った。要領が悪くモタモタしていたら、炊事班長から大釜をかき混ぜる大しゃもじで、いきなり尻を思い切りひっぱたかれた。そして「テレッとするな、ぬしゃァどっから来たッか！」と怒鳴られた。「小国からデス」と言うと、「なんか阿蘇か！　なして早よそる（それ）ば言わんか！　馬鹿たれが！」

つまり、阿蘇出身だったら手荒なことはしないということだった。小男のくせに滅法気の荒い彼は、宮地（阿蘇郡）からの家入《いえいり》重義という最年長（十九歳）の隊員であった。霞ヶ浦が近く、食事には毎日のようにしじみ汁が出たが、病む母のために父がそれを探し求めていたのを思い出していた。

私は、粗末に育ったせいか、食べ物の好き嫌いはない方だが、当時はどうしても牛肉が喰えなかった。幼い頃、酒類を少し土間に置き小売りをしていた我が家に、鉄砲撃ちのアサキさんは角打ち（一杯）に必ず立ち寄っていた。ある時、獲物の兎を調理し、家中で一緒にそれを囲んだことがあった。それを食べた私が、大変な蕁麻疹《じんましん》になり、以来、肉類が食べられなくなってしまった。そのため、訓練所の炊事場で肉を炊くその匂いだけでも胃が痛くなった。それに参った私は、父に梅干しを送ってくれるように手紙を書いた。心配した父の手紙には、梅干しと共に「兵隊のような団体生活は、肉なしでは到底務まらない……」と、つらくとも食べるよう懇々と書かれてあった。肉を抵抗なく食べられるようになったのは、渡満後、あまり臭みのない豚肉で慣らされてからである。

入所して暫くすると、誰からともなく、シラミがおると言い出した。シラミなんかおるもンか、と私は思っていた。ある時、衛兵当番になり、訓練所の正門で夜勤の番兵として腰掛けていた。これは退屈で眠い。と、股間が痒く、何かむずむずする。股から三尺兵児《べこ》を引き出し、電灯に透かして見ていたら「オイッ！」。声に驚いて見ると見廻りの週番幹部で、「もしも俺が敵だったらどうする！」と叱られた。

訓練の日々

空には、霞ヶ浦方面から飛んで来る海軍航空隊の練習機赤とんぼが、眠気を誘う音を響かせ、朝から飛び回っていた。

朝食前の日課の一つは、松並木の続く水戸街道を、小さい者を前に四列縦隊の駆け足訓練。この訓練の成果かも知れないが、お隣の秋田中隊からは、ボストンマラソンの覇者山田敬蔵選手が育っている。

みんな育ち盛り。元気いっぱいだが、中にはまだ寝小便をたまにする訓練生もいた。不寝番に立っていると、大きな声で寝言を言う者。次の番で何度起こしても目を覚ましてくれない奴。脱走を繰り返し、いなくなった者もいる。

鹿児島と熊本の混成では、微妙な県民性の違いもあった。ある日曜日の夜、原田虎彦という愉快なのがいて、突然二階から土間へ向けて仁王立ちになると、〝前門〟を開け、見事な一物《いちもつ》を隆々とさせて「薩摩隼人のチンポを見よ！」とやった。何事かと呆気に取られて見ていると、反対側から、今度は球磨《くま》男の椎葉清藤が、負けじとばかりに丸出しにして「何のー、熊本健児のマラを見よ！」と返した。

何とも傑作な二人であったが、戦後になっても彼らは、再び還っては来なかった。

訓練は、農作業は当然で、軍事教練、体操、剣道、その他特別に畜産、木工、灸《きゅう》療、製炭等々、現地の生活に必要な特技の短期養成もあった。中でも花形は喇叭《らっぱ》鼓隊。繰り返し緑の林間から聴こえてくる練習曲。小太鼓の福島優、斉藤陽一などが、休みの時でも台に向かって小さな棒でタンタラ・タンタラ・タンタラタッタとやっていた。大太鼓・下川、大喇叭・亀丸、中喇叭・入口、小喇叭は村崎などがいたが、中でも奄美からの尭《たかし》万四郎の小喇叭はピカ一であった。あの嫋々《じょうじょう》と曠野を流れる万四郎の吹く喇叭の音が、どれほど私たちの心を捉え、癒やしてくれたことか……。

体操は、日本《やまと》体操《ばたらき》という独特のもので「日本書紀」「古語拾遺」など日本古典の集約というが、何とも変な掛け声を出しながらの体操は、熊本弁で言うなら「ナントンツクレン」体操ではあった。「立て」とか「をろがめ（拝め）」「抛《な》げ棄て」「吹き棄て」「みたましづめ」等々。悪い奴は「キンタマシヅメ……」などと言ってクスクス笑っていた。

速成で一夜漬けにこんなことを摺《す》り込んでも、あの荒ぶる現地の曠野では忽ち雲散霧消、忘れ去ってしまうのも当然であった。

訓練の合間に米軍機

訓練では軍歌演習もあった。歩いても、走っても軍歌であった。今あらためて歌うこともないが、独り歩いていてふと口をついて出てくることがあるのは、何だろう。

満州でもよく歌った。ラジオも蓄音機もない現地生活。炉を囲み、呆けたように繰り返し繰り返し歌ったのが、身に染みついていて哀しい。

オレも行くから　キミもゆけ
北満州の大平野　広漠千里　果てもなく
自由の天地　われを待つ……

楽しかった思い出として、太平洋に面した大洗《おおあらい》へ行軍と言うか遠足に行ったこと。食器に大盛りされた飯には平皿の蓋《ふた》。おかずのてつかみそ（なめ味噌《みそ》）、それにマントウ（ふかし饅頭《まんじゅう》）のおやつ。それを袋に入れて肩に掛け、河和田分所から大洗まで何里の道程《みちのり》だったろうか、軍歌を歌いながら歩いた。

とてつもなく広く、青い太平洋。打ち寄せる大波。そっと潮を舐めてみた。洗っていた食器を流されそうになり、慌てた。そこは、私にとっては初めての海だった。

こんなこともあった。空にはいつものように予科練の赤とんぼが舞っていた。束《つか》の間の昼休みで、三々五々空を見ながら草の上に寝転んでいた。と、松林の梢を掠《かす》めるようにして、見たことのない青黒い巨《おお》きな機体が、轟音とともに飛び去って行った。見えたのは三機。

みんな驚いたが、「あれはアメリカの飛行機をぶん取ったつバ、試しに飛ばしヨッとバイ……」と言う者もいた。それまで飛んでいた赤とんぼは、一機もいなくなっていた。

一九四二（昭和十七）年四月十八日の白昼、米空軍による初めての日本本土空襲であった。フィリピンのマニラを占領（一月）、シンガポール陥落（二月）と、太平洋戦争は勝ち続けているはずの時に、である。飛び去った機影とともに、一抹の不安が私の中をよぎって行った。

訓練も二ヵ月を過ぎた頃から、渡満のことが話題になり始め、五月中旬、先遣隊が選ばれ、渡満が現実のものになった。

先遣隊は一ヵ月早く現地に着き、準備を整えて、後続の本隊を迎える役目を負う。

それには、日高正光農事幹部（先生）、特技生として栄養訓練を受けた年長の増村義人、木工の森田某、永野三千夫、西村清孝など七名が選ばれて、内原駅から出発して行った。

興安丸に乗船

愈々《いよいよ》渡満。六月下旬某日、内原訓練所弥栄《いやさか》広場での壮行式。加藤完治訓練所長の前を喇叭鼓隊を先頭に、鍬の柄《え》を肩に分列行進。

まだ身に馴染まないカーキー色の綿服。中にはリュックより小さく見えるような訓練生もいる。それらも懸命に歩調をとる。所長や来賓の偉い人の眼には、それはどのように映ったのだろうか。

東京駅から宮城《きゅうじょう》前広場への行進。二重橋へ向かって天皇《すめらみこと》陛下弥栄《いやさか》三唱。そして分列行進。

休憩所は芝の増上寺であった。そこまでの行進は遠かった。拓務省の前で見送る拓務大臣・小磯国昭陸軍大将の、いかつい顔もそこにはあった。

伊勢神宮参拝にも行った。これから先、訪ねることもないと思うが、伊勢神宮のそのたたずまいは今も心に残っている。満州の土となるべく、日本を離れようとする少年たちの心に刻むこの演出は、極めて巧妙で効果的であったように、今では思う。

列車は下関へ着いた。ここから上船する熊本・鹿児島混成の私たちの川元中隊（中隊長・川元広一予備役陸軍少尉）では、駆けつけた家族との面会をここで許された。三ヵ月ぶりの父の顔であり、姿であった。そこには、祖母の心尽くしの赤飯やおはぎ、ゆで玉子などなど。訓練所で、我が家の味を想っては懐かしんでいたのに、父の顔を見れば、それだけで満たされてしまい、食べることのできたのは僅かであった。

外へと誘われ、高杉晋作の像への坂道も歩いた。活動写真館、あんみつ屋と、その度に父は、入ってみるかと言ってくれる。しかし、一緒にいてくれるだけで、私はよかった。

満州・シベリアと肌身に付けていた父との写真だけは、この時のものだった。この時、父は、成田不動明王の焼き印の押された木片のお守りもくれ、紐を通して肩から斜《はす》に掛けて、入浴の折りも離さなかった。しかし、どこかで知らぬ間に失ってしまった。写真だけが、あのシベリアの厳しい私物検査を潜《くぐ》り抜け、擦《す》り切れた状態で、今では私の宝となっている。

釜山への船は興安丸（七千トン）。四個中隊が一緒だったと思う。船上から喇叭鼓隊の別れの演奏。石畳に伏して泣き、渡満を拒んだFも船上の列にいる。見送る群集の顔、顔、顔。その中に、じっと私を見つめる父がいた。

私と眼が合うと、父はくるりと背を向け、人の群れの中へ消えてしまった。

満州の曠野

異境で同郷の少女

玄界灘は、季節がそうなのか荒れていた。

詰め込まれた船底では、船酔いで元気が取り柄の少年たちもほとんどがぐったりと横になっている。それが、自分でも驚いたことに、阿蘇の山奥育ちで海知らずの私が、全く酔わない。おかげで船酔いで食べられない者の昼食のカレーライスもいただくことになる。真偽の程は知らないが、海水で炊くという船の飯の旨いこと！　何人分も平らげて平気であった。

トイレへ行く。こっそり丸窓を開けて外を見る（防諜《ぼうちょう》のために窓は閉められていた）と、そこはすれすれの海。大波に慌てて窓を閉じた。一瞬であった。小舟で艪を操る褌《ふんどし》一本の荒海の漁師の姿が、波上高く現れて消えた。危うく風に取られそうになった帽子のこととともに、海の男の残像が今も浮かぶ。

釜山港で下船。漂う匂いの違いに、異境の地に降り立ったことを、はっきりと知った。

列車に乗せられ、朝鮮半島を縦断。蘇る記憶の中に、沿線の低い民家の屋根ごとの、干された唐辛子の真っ赤な色がある。

新義州《シンイジュ》から鴨緑江《オウリョッコウ》を渡って丹東《タントン》（安東）に一時停車。ここからは満州、愈々《いよいよ》である。

安東駅のホームでは、思いがけない出会いが待っていた。知らせがあったのだろうか〈歓迎熊本県〉の旗印とともに〈小国の人はいませんか〉と書かれた半紙を掲げた同年程の少女がいた。小田宗春、河津章三、それに私の三人が急いでそこへ行くと、途端に声を上げて泣き出した。

小国町北里から来た、満鉄看護学校生の石松千代子さんであった。学校も違い見知らぬ私たちを、小国の人というだけで感極まったのだろう。私と同じに卒業、故郷を離れたばかりの少女の、望郷の姿であった。彼女は敗戦後、中共軍に看護兵として留用され、昭和二十八年帰還、今は亡い。

列車は大陸を北上、奉天（瀋陽《シェンヤン》）で下車、一泊。新京（長春《チャンチュン》）、ハルピン（ハルビン）と北上を続ける。最初は緊張も珍しさもあったが、長旅は退屈も伴う。何かをポリポリ食っていたら、前の席の上村《かみむら》某が「ハンバカリタモラデ、オイセモタモラセ……」。意味が判らずキョトンと私はなった。鹿児島言葉で、どうやら「お前ばかり食わずに、俺にも食わせろ！」とのことだった。

列車の最後尾に行ってみた。ノロ鹿の群れのジャンプ。地平に消える一直線の鉄路。果てしない湿原。赤くゆらめく太陽が曠野に沈むのが見えた。

満蒙開拓訓練所

ロシア風の異国情緒の街ハルピンも通過、さらに北上した私たちの着いた所は、旧満州国北安省海倫《ハイロン》県の県都・海倫。曖昧な記憶でしかないが、海倫駅で下車したのは早朝だったと思う。隊列を整え、芹ヶ野教練幹部の訓示を聴き、各自弁当を持たされて、直ちに行軍開始。

当然のことだが目的地は、小興安嶺《ショウコウアンレイ》の丘陵地・海倫県萬順堂《マンジュンドウ》にある満蒙開拓青少年義勇隊萬順訓練所。ここは一ヶ中隊だけの小訓練所で、海倫街からの距離十三里（約五十キロ）を歩く。

内地の訓練で毎朝の水戸街道駆け足で鍛えたとは言え、いきなり長旅の後の夏の行軍は大変だった。それでも、大陸の空気は乾いていて爽やかだった。なだらかな大地はよく耕され、たまに小さな集落もあった。

孫姑林《ソンコリン》という集落を過ぎると広大な台地状となり、一面の大草原が展《ひら》ける。そこには、夏を彩る名も知らぬ草花の大饗宴が続いていた。そして、遙か彼方の丘に点々と白く輝く一群が見え、それが我が萬順訓練所という。それを目指して、元気を奮い立たせる。

だが、それからが遠かった。歩けども歩けども……。蜃気楼とはこんなものかとも想った。

ようやく目前にして緩やかな坂を降ると、一面の谷地坊主《やちぼうず》（カヤツリグサ科の植物）が並ぶ湿地帯となる（ここは、満州事変時、強固な馬占山《ばせんざん》軍＝満州軍閥の一つ＝との戦いで歌われた〈討《とう》匪行《ひこう》〉の湿原とも聞く）。

どこまで続く　ぬかるみぞ
三日二夜《みっかふたよ》　食も無く
雨降り続く　鉄かぶと
雨降り続く　鉄かぶと　……

訓練所から北西方にただ一つの山が見え、それが馬占山の拠点であったとも……。

湿地を渡り、坂道を上ると、太い柱が立ち、満蒙開拓青少年義勇隊萬順訓練所と雄渾《ゆうこん》な墨書で記されてあった。

日高正光農事幹部、増村義人、森田某、永野三千夫、西村清孝、坂口時義、浦川道義ら七名の先遣隊員に迎えられ、喇叭鼓隊を先頭にして、訓練所の広場に辿り着いた時には、既に夕闇が迫ろうとしていた。

狼の啼き声

昭和十七（一九四二）年の六月末日から、満州現地での私たちの訓練生活が始まった。

緩やかな起伏が続く、見渡す限りの草原。その草原に点々と小さな集落が見える。それは、私たちの先輩の第二次義勇隊萬順開拓団の集落だ。この小訓練所を造り、ここで三年の訓練期間を終了。自前の村づくりを始めたばかりで、日本各地からの混成を解き、各県ごとに集落をつくったというわけだ。

北鎮郷（北海道）、香川郷（香川県）、南州郷（鹿児島県）、沖縄郷（沖縄県）として分散。新しい村の始まりであった。そこの人たちは、第五次である私たちへ先輩ぶるわけでもなく、穏やかに接してくれた。農繁期には手伝わされることもあったが、訓練所にない食事にありつくこともあって、喜んで手伝った。

訓練所は、二メートル強程の高さの土塁に囲まれていた。その土塁の外側に、木の一本さえもない草原が広がり、真新しい小さな弥栄《いやさか》神社が祀《まつ》られていた。それは、萬順開拓団の氏神となるはずであった。

夜になると、満天の星が美しかった。しかし、遠くに聴く狼の啼き声は何とも不気味で、はらわたに沁む思いであった。

入所して間もない頃、唯一の外界とを繋ぐ電話線を何者かに切断された。その修復作業に、開拓団の先輩に連れられ、私たち数名が行かされた。道とてもなく、草丈の中に埋もれながら電話線伝いに草を押し分けて歩いた。

ようやく修理を終えての帰路、突然先輩は「俺は今から糞をしてゆくから、お前らは先に帰れよ」と言う。誰に切られたとも知れぬ電話線、狼の出没も気になる。日暮の心細さもあって「待っています」と言うと、「いいから早く行け！」。結局、先輩一人を残して歩き出したが、その胆《きも》の座りように、私たちは驚いていた。

だが、原野の暮らしに次第に慣れてくると、私たちも野生化するのか、結構一人歩きも平気になる。しかし、まだまだ冬の厳しさも知らず、襲いくる望郷の想いの切なさがどれ程のものかにも、気付いてはいなかった。

冬将軍の到来

それを見た時は、赤飯と思いみんな喜んだ。だがそれは、少し渋味もあるコーリャン飯であった。量は山盛り。食い盛りには、味はともかく、腹が膨らむことの方が第一だった。

副食は、先遣隊の手で作られた野菜もまだ僅かで、増村炊事班長の苦心の作、緑豆《りょくとう》からのも・や・しが唯一の栄養源。薄い味噌汁に少量の福神漬け。肉も魚もなかった。二百数十名の隊員の命を預かる炊事班長の心労も大変だったと思う。それが、遙々《はるばる》と来た訓練所の生活の始まりであった。

九月、早くも霜の季節。耕し、植え付けた馬鈴薯や南瓜は順調で、その他も加わり、初めて一息をつく思い。畑で炊く石油缶いっぱいの太った赤い色の馬鈴薯のほくほくは、旨かった。

貯蔵庫も地下に造られて、冬に備えた。マンマンデーと渾名《あだな》された、ゆっくり誠実の吉澤道治《みちはる》が、そこを護った。

冬は一気に訪れた。雪がちらつく。南国奄美から来た西又守《にしまたもり》、朝秋應《あさあきお》たちは、初めての雪に

「おーィ、みんな出て見ョー、ユキだユキだョー、ユキはシロクてツメタイョー」

両手を拡げ、踊るように、舞うようにして、喜んだ。その無垢な童心の輝き！

しかし、それは長くは続かなかった。冬将軍の到来である。床暖房《オンドル》はほとんど使い物にならず、ペチカもうまく燃えない。部屋には煙が充満、眼はただれ、風呂も寒気と氷結で無いも同然になった。汚れ、湧《わ》くシラミ。

雪原の果てに、夕日が落ちていく。茫然とそれを眺めて佇《た》ちつくす。声を殺して、泣いている。みんな心を閉ざして、慰めることもできない。狼の遠吠えも追い打ちになった。

山川政明という顔立ちの整った温和しい隊員がいた。何時からかの変調に誰も気付かず、凍った便壺に入り込み、発見された時には両足凍傷の状態で助け出された。彼は敗戦時、ハルピン病院にいたはずだが、消息は絶えたままになっている。

薪も底をつき始めて、雪原の中の枯れた灌木を探すのが、やがて日課となる。あの加藤完治も知らない、それが現地の小訓練所の姿であった。

暴　動

渡満して来てまだ半年も経たぬというのに、現実はあまりにも厳しかった。

次第に荒れていく少年たちの心に、歯止めは利かず、仲間同士で反目や殴り合いも始まる。私も年嵩《としかさ》の隊員から理由もなく殴られて、口惜し涙を流したこともあった。また、私がたばこを吸わないというだけで、仲間も含む集団に袋叩《ふくろだた》きにされもした。

何とか脱出できないか、叶わぬことではあったが、しきりにそれを考えた。原野に孤立、閉ざされた檻の野犬のように、互いが咬み合う集団ヒステリーに、遣り場のない鬱屈。何の手だてもできない幹部たちへ向けて、遂に沸騰点を超えた。

窓を叩く誰からとも知れない合図があった。各舎から幹部宿舎へ向けて、訓練生が一斉に走り出した。一方は、糧秣倉庫へも……。鳴りを潜めた幹部宿舎から、六尺豊かな大男の坂梨正行幹部が、一人で仁王立ちとなって日本刀の抜き身をかざし「近づくと叩っ斬るぞ！」と吠えた。幸いというか訓練生が銃までは持っていなくて事なきを得た。糧秣庫からは総《す》てが担ぎ出され、朝礼台上には白麺《パイメン》（小麦粉）の袋がこれ見よがしに積まれた。一夜が明け、狼藉は収まったが、きっちりと反動も来た。

首謀者と目された数名は懲罰訓練所へと送られ、関東軍海倫独立守備隊から、髭の藤古准尉の率いる一ヶ分隊がトラックで乗りつけた。猛烈な懲罰訓練の始まりであった。そして一週間、訓練生を叩きのめして、帰って行った。

それが効いたのか、少しは温和《おとな》しくなり、僅かな明るさも出てきた。誰が思いついたのか、シラミを紙に集め、手製のランプの炎にかざす。シラミが熱がって小さな塔をつくるのが可笑しくて、喜んだ。

屁は燃えるか、燃えないか。試しにランプをまたぎ、糞で灯を消した奴もいた。

軍歌、流行歌、怪し気な替え歌。手づくりで改造した炉を囲み、止むことのない合唱。父が下関で私に買ってくれた尺八が、唯一の鳴り物であった。外は零下三〇度にもなる寒気に、総てが凍りついていた。

その頃、内地から数名の文理大生が教学奉仕として来たが、怨嗟の声だけを残し、帰ってしまった。

診療所勤務に

思いがけず、予告もなしに衛生講習に派遣されることになった。行き先は北安《ペイアン》省の省都・北安に駐屯する陸軍衛生部隊。七人の名が発表され、その中に私も含まれていたのだ。

現地人の大車《ダーチャ》に七人が乗り、雪原を走る。「よろこびーあふれる、うたごえに……」(「熱砂の誓い」の歌)。暫《しば》しの解放の歓びに、みんなで歌う、歌う。

講習には広大な満州全土からの多数の訓練生が集まっていた。衛生兵教典を基にした、短期ながら厳しく充実した訓練であった。指導の中心に高橋衛生軍曹がいたが、実に爽やかで明晰、信頼のできる人であった。衛生法、毒瓦斯《ガス》、伝染病、包帯術、担架等々。実習を交えながらの訓練は、私の閉塞感を解き、ずんずんと体内に入っていく栄養剤となった。厳しい雪中での担架訓練にも、苦痛はなかった。

講習が終わり、再び原野の訓練所に帰って暫くしたある日、訓練幹部の一人竹林医師が慌ただしく部屋に来て、「宮崎はおるか、直ぐに診療所へ来い」と呼び出された。診療所に着くと、竹林医師は興奮気味に北安での講習生の名簿と成績表を見せ、「見ろよお前、こんなにいい成績だったんだぞ！」と喜んでくれた。そして「もう許可は貰ってあるから、今日からここで寝泊まりして診療所勤務だ」と言う。

成績表が届くなど思ってもいなかった。それだけに、上位に並んだ私の名前を見て正直驚いた。講習会では毎日のように試験があったのに、結果の発表などは一度もなかった。

診療所の生活が始まった。診療所では、円筒形のペチカの火入れから始まり、部屋掃除と診療準備。医者は現地開業医の竹林医師で、唯一ダンディーな格好をしていた。

診療の合間に、殴られた隊員が血だらけの頭を見せに来る。医者には内証で、アルコールで消毒、メスで傷口の周りを剃り、釣り針に似た針に絹糸を通して縫い合わせる。後はガーゼとヨーチンと絆創膏。帽子を被せておしまい。

私にそうして縫わせたのが、何人かはいるはずだ。彼らの、麻酔もなしに歯を食いしばる顔を思い出す。よくぞ化膿もせず、みんな治ったものだと、今だから思う。

ぜんざい一杯の死

診療所は、玄関から左が診察室、右が病室となっていた。入院するような患者は滅多におらず、長期になる者はハルピン中央病院に移す。空いた病室は冬期の教学室になった。

訓練生が少し落ち着きを取り戻した頃に、教学の坂梨幹部（元教諭）による授業が始まったのだ。主に国語、地歴、数学。中国語もあったが、これは別の幹部だった。

国民学校高等科までの私たちにとり、これはありがたかったし、医務室勤務の利点も生かして少しは復習の時間も取れた。

訓練生の中に、増村、家入とともに木下国春という日奈久《ひなぐ》出身の最年長者がいた。体格も頭も良く運動能力もあって、後に甲種合格、現役入隊。フィリピン戦線で戦死している。優れた人格で、隊員・幹部たち両方からの信望があり、本部に勤務していた。本部には曽宮糸志もいた。曽宮は球磨郡多良木《たらぎ》町出身。小柄だが頭は冴え、字も上手い。いつも鼻歌を歌っているような隊員で、気が合った。彼は健在だ。この二人は暇があれば必ず診療所に来て、将棋を指したりしていた。怒ると怖い家入、色白でいつもにこにこの増村、重厚で説得力のある木下。この三人は個性的で存在感があり、隊員たちは畏敬を込め、さんを付けて呼んだ。

あの襲撃の時に、木下は持ち前の調整能力を大いに発揮したに違いない。増村は今も健在で畏敬に変わりはないが、戦争による木下の死は、残念でならない。

まだ寒気の残るある日の授業中、竹林医師がガラス戸の向こうから手招きする。診療室に入るとそこにUが横たえられ、木下が茫然と立っていた。医師の指示に従い、上半身をはだけ、人工呼吸。私の懸命なそれに応えるようにUの薄目が開き、私の顔が見えたのか「ミヤザキさーん」と掠《かす》れた声で言ったきりであった。まだ産毛の残る小さな顔、丸っこく浅黒い胸とその感触。決して忘れられるものではない。どうしてこんなことに……。

一杯のぜんざいを盗んだという。寄ってたかって殴ったという。

Uを焼く煙が、高く、遠く流れて行った。

医者代わり

春が来た。つらくて暗い、そして長い冬であった。

春というのに、事件の後を引くように、幹部たちは次々と去って行った。竹林医師が辞め、農事の日高幹部、教練の芹ヶ野幹部も、何時の間にかいなくなり、去って行った。一時、母親代わりという寮母もいたが、長くは続かず、川元所長にも間もなく召集令状が来る。

あまり表には出ない経理の高野廣雄幹部が、鼠に耳をかじられた防寒帽を被って、寒そうに歩く。

豪放な坂梨幹部は、長身をややくぐめて〈改心棒〉と称する短い棍棒を手に睨みを利かし、元気。

春になると、何処から燃え出すのか、野火が幾日も続き、曠野を焼き尽くす。月明かりに狼の群れが遠く走る。狼の仔《こ》を拾って養っているのもいた。

焼け野にはノロ鹿の角が落ちており、鋭い声を放つ雉が産んだ卵もある。そして、誰も知らない沼もあって、岸辺には野葱《のねぎ》が萌え、小魚や鮒が面白いように釣れる。

曽宮と二人で釣りに行った。石油缶いっぱい釣り、時を忘れ暗くなって揚々と帰ったのは良かったが、門限を大きくくずれ、遭難かと大騒ぎになり、坂梨幹部からは大目玉。子どもでもあるまいし、二人は本部に立たされた。そして釣れた魚は、二人の目の前で、幹部たちにじいじいと焼いて食われてしまった。

医者のいない診療所は、仕方がないので、私が医者の代わりになる。竹中昭也という元気者が、下腹をおさえて転がり込んで来た。熱を計ると四十度近い。胃も痛いと言う。〈虫垂（盲腸）炎〉と直感。どうするか。三里以上もある対店《トイテン》大訓練所まで担架で運ぶことにした。十名程を動員、道なき道を走った。斜面で転び患者を投げ出した。竹中は唸りながらも「大丈夫だ」と言う。首まで漬かって川を渡る。灯《ひ》が見え、担ぎ込んだ病院は立派だった。丸山医師が、「よく連れて来た。十五分遅かったら死んでいた！」と喜んだ。

既に腹膜炎を併発。手術後、長い入院の後に元気を取り戻した。今は、生きているのか。

（註・後日、竹中の知人から、彼が佐世保に現存している知らせが届いた。）

面従腹背

診療所には、大車《ダーチャ》に乗せられて現地人も来た。吹き出物が糜爛《びらん》状態の男の下肢。頭痛持ちのおっ母《か》さん。メスで荒療治、取って置きの軟膏と少量の化膿止め。おっ母さんには計温、そして風邪薬といった案配。こうなれば竹林医師からの見よう見真似《みまね》でやるしかない。不思議と治り、後日に、豚肉やニワトリに加えて、手まで合わせて「謝々謝々《シェシェシェシェ》」と感謝された。今日《こんにち》の法律ではお目玉ぐらいでは済まないが、荒野での現実はこんなものだった。

訓練所でアメーバ赤痢が流行した。枕を並べる患者。助手の高津治喜《はるき》とともに不眠不休の看病が続く。折角治りかけた患者は、猛烈なすきっ腹に耐えかねて、炊事当番にこっそり焦げ飯を貰ったりもする。それで忽ち悪化、目は離せない。幸い一人の死者も出なかった。代わりに、残った粥食でこちらが太った。

一年程の診療所勤務の後、私は現場に帰った。今度は八棟あった宿舎の第七舎長ということになった。

昭和十九（一九四四）年、隊員たちは大人びて落ち着き、生産への意欲も増してくる。煤けた舎内の壁に、不要の本などをばらして張り、真っ白くして見違えるように明るくもした。

しかし、日本の戦局は日増しに悪化。ニュースなどほとんど伝わらない孤島のような訓練所でも、玉砕や特攻隊のことが僅かながら伝わってくる。次姉つや子の主人は結婚三日目に召集されていたが、その戦死の知らせの手紙も届いていた。

訓練生も、年嵩《としかさ》の順に次々と兵役に取られていく。日高農事幹部に代わって吉永博という幹部が来たが、この人にも召集令状が来た。

その受け取りに、海倫《ハイロン》まで私が行かされた。早朝に一人で出発。十三里の道を往復、日帰りの命令であったので歩きながら握り飯を食わねばならなかった。

帰路、便所と水を貰いに福海邨《フーハイソン》という集落に立ち寄った。櫓《やぐら》のような便所だった。糞を落とすと豚が群がり、忽ち清掃という仕掛けには驚いた。水を貰い、集落を囲む土塁の内側をふと見ると、〈反日抗日〉〈抗日侮日〉などとスローガンが大書されているではないか。これは何だ。面従腹背、誰も教えてはくれない中国人の心の内を、初めて私は知った。そして自分たちが何者かも。

開拓団へ

どんな経緯で捕らえられたのか、先輩達が苦力《クーリー》姿の男を訓練所に連れてきた。

一夜、その男は電話線の柱に括《くく》られていた。夜が明けて行ってみる。精悍で毅然とした風貌に、哀訴の色などまるでなかった。

何か、違う人間がここにいる……と私は思った。福海邨《フーハイソン》で見た大書された文字、そして一見苦力風の男。はっきりとは判らないままに、私は心に刻んだ。

その男は、独立守備隊のトラックで運ばれて行ったが、どうなったのだろう。

当番で衛兵司令になった夜、仮眠中、外で騒ぐ声に目を覚まし、出て見る。二、三台の大車《ダーチャ》が馬とともに、衛兵所の前の道に引き込まれている。恐らく、孫姑林《ソンコリン》の集落の男達が、越冬用の薪を伐採に遠い森へ向かうところだろう。大車には、泊まりのための用具や、麻袋に詰めた石のような饅頭《マントウ》が積まれている。

訓練生はその饅頭を狙い、大事な革製の鞭（鞭がなければ馬は御《ぎょ》せない）を取り上げ、所内に数頭輓《び》きの大車を引き込んでいるのだ。

私は思わず大声を出し、鞭と饅頭を返すように言った。訓練生には眠気覚ましの行為でも、村人にとってはたまったものではない。

衛兵は実弾を込めた銃を持っている。村人もそれで嚇《おど》されれば従うしかないのだ。

村人達は大車を連ね、何事もなかったように遠い森へ向って行った。

衛兵は、その下番（交替）の時、弾薬を返す。ある時、別のグループで一人が返すのを忘れ、銃の手入れ中に暴発。二人が大怪我をしたこともあった。

秋。訓練生活もそろそろ終わりに近づき、開拓団への移行の準備が始まった。移行先は北安《ペイアン》省慶安県の五花《ウーホア》と言う。第一次義勇隊開拓団の開いた所であった。そこの調査には、私も行った。深い原生林もある豊沃《ほうよく》な土地らしかったが、孫姑林の邨長《そんちょう》ユイホンサイは私の耳に、ここは水が悪くてカシンペック氏病という風土病の恐れがあると言う。詳しくは知らないが、指などの関節を痛めるとも言っていた。そうした不安材料は表に出ることもなく、移行は決定したようだ。

関東軍

関東軍野戦部隊

昭和十九（一九四四）年十一月、開拓団移行の話とは別に、関東軍野戦貨物廠第二六四六部隊へ、萬順《マンジュン》訓練所から約半数（百名）の隊員が動員派遣されることになった。

行き先は興安東省札蘭屯《ジャラントン》。私もその一員となった。残留組との別れも慌ただしく、積雪の中を坂梨幹部の引率で海倫《ハイロン》駅へ徒歩で出発。白銀の中の強行軍であった。

札蘭屯は保養地とも聞いていたが、それとは関係なしに、禿げ山同然の山地に駐屯する輜重《しちょう》隊に属することになった。後で合流するが、その一部は興安嶺《コウアンレイ》山中の博克図《フハト》へ分遣された。

そこでの任務は、山中に点々とした半地下の倉庫に貯蔵された軍事物資の警護と管理。階級章こそないが、全く兵隊と同じ日常である。半地下の兵舎には、古参上等兵二人がついていた。警備勤務は一週交替。動哨と立哨の時間は二時間交替。この二時間は長かった。一巡が四十五分もの動哨は兵営内とは違う緊張を強いられ、二時間の立哨に交替の足音が闇の中に聞こえてくる時の安堵感は格別である。ある払暁《ふつぎょう》の立哨中のことだった。突然、まるで首を締め上げられるような声に胆を冷やしたが、それはロバの啼き声であった。〈ロバの啼く音《ね》に起こされて……〉と歌の文句にはあるが、実際にそれを聴くのは初めてであった。人間に酷使されるロバであればと、妙に納得もした。

シェパードも警備犬として養われ、宇土《うと》出身の村田昭三がその係だった。

警備とは別に食糧庫の作業もある。九十キログラムの砂糖麻袋《マータイ》を担げたら、それを進呈と上等兵が言う。誰も担げなかったが、村田と同じ宇土の河島辰實はそれを見事担いだ。砂糖袋がどうなったかは、知らない。

将校当番に私がなった。新婚の少尉殿は、街の将校宿舎に住む。奥さんは普通の将校当番同様に雑事を何でも命じ、下着まで洗えと言う。「私は兵隊ではありません！」とそれを断ると、奥さんは最初はきょとんとしていたが、何を思ったのかやがて泣きそうになった。

氷上渡河演習もあった。凍った河の雪は風に飛ばされてつるつるになっている。銃を手に匍匐前進しながら見ると、透明で分厚い氷の万華鏡の底には、尺余の雷魚が標本のようにじっとしていた。

関東軍に志願

昭和二十（一九四五）年の新年は、札蘭屯近郊の関東軍貨物廠で迎えた。軍の貨物集積場のここでは、食事も含め給与は良く、戦争末期で苦しむ内地では考えられない、のんびりとした迎春であった。

『海軍』という著者岩田豊雄（獅子文六）の小説があった。海中を示す青黒く暗い表紙。鬼神が魚雷？に跨って突き進む、川端竜子の装画だったように記憶しているが？

この真珠湾特攻の軍神の一人をモデルにしたこの上も無く美しく描かれた小説に、私の心は奪われた。軍隊同様に扱われる軍属ではなく、本当の兵隊になろう――。中国戦線で戦死した次姉の夫への想いもあった。それは、一刻も早く戦場へと駆りたてられる思いであり、短絡としか言いようのない自分がそこにいた。

軍犬の係の村田も何を思ったか知らないが、一緒に関東軍に志願、徴兵検査を受けることになった。検査場は、厳冬の北安《ペイアン》。衛生講習以来の街である。

素っ裸で立たされ、検査官にいきなり前をしごかれる。淋病の検査らしい。前屈させられ、尻の穴をぐいと押し広げて覗かれる。ぴしゃんと叩かれ「ヨシッ」。両手を挙げ、五本の指を一本ずつ曲げさせる。少年飛行兵になり損ねた指を隠そうとしても駄目。結果は〈第一乙種〉と検査官に告げられた。村田は見事〈甲種合格〉。美々しき帝国軍隊への通過儀礼は、こうして終わった。

その頃、米英ソがヤルタ島で会談、ソ連の対日参戦が決定したことなど知る由もなかった。

ドイツが連合国に無条件降伏。沖縄での惨激戦が終末に近づく頃の五月二十一日、私は黒河省山神府《サンシンフ》満州第八十四部隊に現役入隊する。

一方、萬順義勇隊訓練所に残った訓練生は、負傷して退役、訓練所へ復帰した川元所長、高野経理幹部を中心にして、慶安県五花開拓団への補充移行（六月一日）を、福島優、曽宮糸志たち全隊員辛苦の果てに完了している。彼らのその後は、ようやく開拓の夢を実現かと思う頃、八月九日のソ連参戦、満州国への怒涛の侵攻によって、難民として筆舌に尽くせぬ渦に巻き込まれていった。

開拓義勇軍

兵役志願。短絡とも言える行動ではあったが、そうして私は、義勇軍から離れたはずであった。内原から萬順堂までの三年間。それは私にとっては、何だったのだろう。満州へ行くということを強く希《ねが》ったわけでもなく、押されるようにして手を挙げてしまった私は、王道楽土も五族協和も、そして日本の生命線も、不本意な仮衣《かりごろも》のように思えてならなかった。

しかし、今八十歳になっても、その仮衣だったはずのものが、いまだに纏《まと》わりついていて離れはしない。内原魂とか義勇隊魂とか言う人もいるが、私にもしそれがあるとすれば、何とも情けない義勇隊魂かもしれない。

東京での個展会場で、何で今さら軍服姿を描くか！　とも言われた。私にとって軍衣あるいは靴も、三年、シベリアを含めて七年、剥がしたくても剥がせない皮膚同然となっていた。

絵描きの描く絵が魂の表白とするならば、たとえそれが情けない姿の魂であっても、丸ごとそれを描くのが私の絵だと思っている。

今、内原から萬順堂へと、共に暮らした仲間のことを想い浮かべる。

田代昭二という仲間がいた。最初の集合地で彼を見た時、そのあまりにも小柄で、体力もなさそうな姿に、前途への危惧をふと思った。そして、駆け足訓練や渡満の列での懸命な姿が浮かんでくる。まるでリュックに小さな足のような姿で……。現地満州での姿は浮かばない。他にも小さい仲間はいた。しかし弾けるような元気と明るさで人気者もいたし、帰還後に再会、立派な偉丈夫に変容の仲間もいる。

田代はその頃、どんな思いで生きていたのか。還った噂も聞かず、会合で一度も会ったこともない。彼のことを語る人もいない。

糸切り歯が印象的で、小さな罪を負ったU。どんな思いで死んでいったのか。難民の中で、高熱にうなされ、縋るようにして悶死したという片山彰。凍傷で足を切断、敗戦の中で死んだ山川政明。渡満の列の先頭に隊旗を誇らし気に持った福島宏そして愉快な原田虎彦や椎葉清藤などなど。みんな何一つ残さずに死んでいったのだろう。満蒙開拓青少年義勇隊萬順訓練所の標柱とともに、私は決して忘れはしない。

最下級兵

満州第八十四部隊。陸軍歩兵二等兵、新兵としての軍隊生活が始まった。村田が何処へ入隊したかは、知らない。たった一人、誰も知らない新兵生活の始まりである。私を含め、若い新兵は僅かで、ほとんどが娑婆（世間）のことなら何でも知っていそうなおっさん（老兵）ばかり。つまり男であれば誰でもといった召集兵であった。

義勇隊で三年間、曲がりなりにも団体生活で軍隊同様に鍛えられた私の場合、驚くことも慌てることもない新兵だった。唯一胆に銘じておかなければならないのは、星一つの最下級兵であること。とにかく大声を出し、素早く走り回ること、銃の手入れをしたら必ず最後に引き鉄を落とし、食罐（箱形）の隅に飯粒を残さず、古年兵の靴の鋲の周りの泥を見逃さないこと。二枚の毛布と二枚の敷布そしてまた一枚の毛布を、私物箱の幅と同じに真四角に揃えて積むこと。それを起床ラッパと同時に跳ね起きて、殆ど同時に終わらす。少しでも歪んでいたりすれば、演習に出ている間に、必ず内務班の隅に蟠踞《ばんきょ》する憎たらしい古兵からひっくり返されてしまう。

演習からくたくたになって帰っても、山程もある新兵の仕事。それを終え、消灯ラッパが鳴る。〈新兵サンハカワイソーダネーマタネテナクノカネー〉。毛布にもぐり目はつむっていても、まだ眠ってはいけない。あの古兵たちが、手入れをして銃架に並んだ銃の引き鉄を、ゆっくりと念を入れて一挺ずつ落としていく。そして、必ず慌て者がいて、引き鉄を落とすのを忘れている。カチッと音がしたら足先をつつかれ、無言のまま並ばされて、一発ずつビンタを喰らうことになる。連帯責任だそうだ。食罐と靴底用に、私は一本の釘を隠し持った。それで、食罐の隅と、軍靴の鋲の周りを、グイッと一掻き。〈一ツ軍人は要領を本分とすべし〉。ここでは味噌も糞もない。

娑婆では偉い人も、軍隊では本当に大変。ワタワタと闇雲に走り回る老新兵。演習が終わっての帰りも、目はうつろで脚は宙を歩いているように見えた。これが、『海軍』で見た美々しい帝国軍隊の姿であった。

三ヵ月の軍隊生活

私の真面《まとも》な軍隊生活は、五月に入隊、八月には敗戦で、僅々三ヵ月にも満たない。一期の検閲というのが三ヵ月目にはあったらしいが、それもないうちに敗けてしまったので、検閲が終われば星二つの一等兵になれたのに、その後四年間の捕虜期間、軍籍のままずっと最下級二等兵で終わった。

国そのものが敗けて帝国軍隊も消えたわけだから、もうそんなことはどうでもよいと言うかも知れないが、後から入って来る新兵がいなくなったということは、何時まで経っても最下級でいなくてはならない。が、五月の山神府《サンシンフ》では、まだそんなことは誰も気付かない。軍隊の詳しい組織は忘れたが、内務班というのがあって、私達の班長は福岡県出身の篠原壮一という伍長。襟章の横に座金の付いた乙種幹部候補で、後で軍曹になった。

長身で色白、眼鏡を掛け、サラリーマンがそのまま兵隊になったような人であった。一応号令もかけるが、後はどうでもよい、といった感じの人。兵隊には優しくて、新兵をいたぶることを愉しみにしている古兵から、要領の悪い老新兵を庇うところもあった。他にも下士官が何人かいて、いかにも猛者というような人はいなかった。いわゆる私的制裁は一応禁じられてはいた。しかし、一度だけ、手ひどく殴られたことがあった。

ある日曜日、目にかけてくれていた上等兵が外出するからお前も来い、と私を連れ出した。行き先も知らずについて行く。街らしき所もない山神府の原野は、野火の後に草が萌え出したばかり。彼方には、アンペラ（黍《きび》がらで編んだ筵《むしろ》）小屋が幾つか見える。

何人かの兵隊達がそれへ向かって歩いていたが、上等兵は「お前はそこで待っておれ」と言うと一人で行ってしまった。大分待たされたが、やがて「さあ帰るぞ！」。……何のことか判らない日曜日の外出であった。

意味は、消灯後に解る。古兵に足をつつかれ、外へ出ろと言う。出た途端に一発殴られ、「貴様、初年兵のくせして、ピー買いに行きやがって！」。二発、三発と続いた。つまり私は、女を買いに行ったということだった。

野戦演習

満州最北の街、黒河に近い山神府《サンシンフ》に、短い夏が訪れようとしていた。

内務班や演習に少しずつ慣れ、新兵にもそれなりの落ち着きの見える頃、新兵の中で中等（現高等）学校以上の学歴を持つ者は幹部候補資格者と告げられた。

この時に学歴のない私は、普通一般兵であるということを思い知り、歯を食いしばることになる。

銃剣術、射撃、投擲、そして対戦車肉迫攻撃に、総《すべ》てを振り払って没入した。

一時、私は軽機関銃手でもあった。〈点射〉というのがあった。二発、三発と確実に引き鉄を加減しながら標的を撃つ訓練だ。ところがこれが難しい。三発が四発になったり、五発が四発にも……。その度に尻を蹴られたり、鉄帽をガーンとやられたりする。軽機を腰にあてがい匍匐前進も大変。

野戦の演習を終えて帰営、現役兵はよいとして、老新兵はもう限界に達している。営庭で巻脚《きゃ》絆《はん》（ゲートル）を取り、素早く固く巻く。一斉に空へ投げる。固く巻けていればそのまま落ち、そうでなければばらばらとなる。ばらり組は、営庭一周。そうなった老新兵は、悲惨としか言いようがない。

〈洗い矢見習い士官〉というのがあった。前夜、例の引き鉄を落とし損ねた新兵の上衣の帯剣吊りに、〈洗い矢〉（銃口掃除用の手元が輪になった真鍮の棒）を軍刀代わりに吊らせ、「見習い士官誰某は、ここ山神府の春風に吹かれボーッとなり、畏れ多くも天皇陛下から賜りました三八式歩兵銃の引き鉄を落として休ませることを怠りました。よって報告に参りました！」。そうして洗い矢を引きずりながら各班を回り、ニタニタ顔の古兵から一発の洗礼を貰う。これは、短期に上級者となっていく幹候兵へ向ける万年一等兵（古兵）の、陰湿な意趣返しの一つだったのかも知れない。

七月になって、部隊は慌ただしく編成替えなどがあり、移動する事になった。最下級者たちには明確な目的地も判らぬまま、命令に従うしかない。私は、遠藤大隊の指揮班の一員となった。そこで、唯一の戦友となった義勇隊嚮導《きょうどう》訓練所からの新兵、玉井至と出会う。

続出する落伍者

苛烈な行軍であった。北満とはいえ、真夏の日中は三十度にもなる。目的地は北安省《ペイアン》嫩江《ノンジャン》らしい。直線距離にして二百キロ以上。小興安嶺《コウアンレイ》を跨ぐことになる。

長い列。大部隊の行軍である。新兵の玉井と私は伝令として、前へ行ったり後ろへ走ったり。初めのうちは、老新兵達も何とか元気に歩いている。しかし、一日、二日と歩くうちに次第に疲れ、隊列も乱れがちとなり、やがて落伍兵も出てくる。指揮班長は橋詰准尉。長身で整った顔と鼻髭。銃剣術で鳴らした美丈夫であった。若い見習い士官がやたらと張り切り、山道を急がせ、喘ぐ老兵たちを叱咤する。隊の中には百戦の召集兵もいて、次第に形相も変わってくる。と、橋詰指揮班長の一喝が響いた。「兵隊を何と思っているのか!」。それは見習い士官に対してであった。

落伍兵の装具を取り、道端に集め、玉井と二人で輜重《しちょう》車を待ち、積んだら本隊に追いつけと言う。中には老新兵の持つ軽機関銃もあった。十一年式、ろくに弾も出ない骨董じみた代物で重い。部隊にはもう重機関銃もなく、大隊砲もない。そして老新兵の集団である。

輜重隊が馬車で来た。馬車の上の古兵に、積んで下さいと頼む。ニタニタしたまま返事もしないで、行ってしまった。

自分の装具に加え、玉井と二人でそれらを担ぐ。軽機も交替で担ぐ。尖った脚が肩に食い込む。本隊は遥かに見え隠れして行く。それへ追いつくために急ぐのは、死ぬ程の苦しみだった。

玉井が少し足を引きずる。輜重車を止める時に足指を轢《ひ》かれたと言いながら、歯を食いしばって歩いている。いい男だった。

落伍者続出で、暑さを避け夜間行軍となる。前を歩く兵の銃口が、顔を突きそうになる。馬の尻に顔がくっつきそうにもなる。小休止の後、歩き出したら反対方向に行きそうにもなった。

初年兵は、炊飯の準備もある。疲れ果て、雨でテントに寝ていて、半身水浸しでも気付かなかったこともあった。

何日歩いただろうか、目的地も近づく中で、軽機手の老新兵S二等兵が、機関銃の小さな部品を失った。

ソ連軍侵攻

二等兵Sは、雨に濡れた軽機関銃を手入れ中に、部品の小さなバネを草むらへ飛ばし、みんなが一緒に探しても見つからない。

不始末ということで、厳罰の重営倉《じゅうえいそう》を命じられる。行軍中の重営倉とは驚いた。その罰というのは減飼《げんがい》、つまり飯を食わせないということである。

部品を失った軽機を担いでSはふらふらと歩く。たまりかねた工藤という古参軍曹が、「構うものか、これを食えよ！」と自分の飯盒から頒《わ》けた。中国戦線で戦った人であった。〈朕《ちん》〉の命令も上官次第だ。

何かちぐはぐの軍隊に思えてならない。心の中で揺らぐものがあっても、口には出せない。玉井も何かを思っているようで、次第に口数が少なくなっていくのが判る。

部隊は嫩江《ノンジャン》に着くと、そのまま列車で斉々哈爾《チチハル》へ。そして一先《ひとま》ず落ち着くことになった。

それまでは気付かなかったが、朝鮮出身の初年兵も数人いることが分かった。彼たちは体格も良く、運動能力も勝っていた。しかし、ある朝になると、揃って消えていた。何故かあまり表面化することもなく、夏は八月に入っていた。

八月九日朝、一機の飛行機が空を掠め、去った。何かの作業で円匙《えんぴ》（シャベル）を持って外にいた。呼集が掛かり、隊内に集められ、ソ連軍の満州里《マンチュウリ》方面からの侵入を知らされる。慌ただしい部隊編成。そして無蓋列車に乗せられ、哈爾浜《ハルピン》へ向かう。七月に召集（最後の男狩り）の老新兵は、まだ銃の使い方も判らず、九九式という短い型の銃で、その操作を上等兵に教わっている。斉々哈爾で編成中に、萬順訓練所の仲間の一人、天草出身の吉田某にすれ違うようにして逢う。「俺は、突撃隊になった！」と彼は一言、そのまま別れる。何故彼が兵隊か問う間もなかった。

美しい街、哈爾浜は混乱を極めていた。

石畳を剥がし対戦車壕を掘る。並木を倒して鹿砦《ろくさい》を造る。やがて降り出した雨の中を、兵も住民も懸命だが、右往左往の姿にも見える。

玉井も私も、伝令要員として走り回る。朝令暮改、司令そのものの混乱も見えてくる。

爆雷を抱えて

哈爾浜の街に、〈蘭菊《らんぎく》〉という酒造所があったと憶《おも》う。あの八月、そこに私たちの部隊本部があった。伝令兵の私は、幾度かそこへ走った。二転三転とする命令は、そこから発せられていた。その度に、兵たちは右往左往。そして疲労を増していった。

近くの開拓団からと言っていた老新兵は、馬と共に何時の間にか消えた。

噂に、日本では広島と長崎が新型爆弾で全滅と聞いた。そして、熊本もやられたと。

昼間から部隊長は、酒気で赫くなった裸の上半身を、兵に棒の先に付けた団扇で扇がせているのも見た。

我が老中隊長は、若い大隊長から怒鳴られ、雨の中をただうろうろしているようにしか見えない。

何か総《すべ》てが大きく傾いていく。

東満から阿城《アジョウ》を経て、哈爾浜へと迫りくる敵戦車への肉迫攻撃隊要員となる。もう、どうにでもなれ！　という気になっていた。

中田錠治という新兵がいた（錠治はジョージではなかったか。戦後、彼はアメリカへ渡った）。香坊《こうぼう》への引き込み線を跨ぐ阿城方面からの道を挟み、中田とタコ壷を掘る。

中田がどこからか水飴の樽を持って来た。栓の穴から小さな棒で飴を巻き上げ、路上に座り二人でなめた。腹一杯に。そして、自分の墓穴でもあるタコ壷に入った。

朝、深い霧がかけていた。馬で高級将校らしきが、線路上を駆け抜けて行くのが見えた。

長い夜であったと思うが、夜をどう過ごしたかは憶えていない。抱え持つ爆雷を、急造爆雷と言った。穴の底に腰を降ろし、抱え込むようにした膝頭の上の爆雷の小箱。その信管と上衣の第一ボタンを繋ぐ短い麻紐。そうして何時来るとも知れぬ敵戦車を待つ。

霧の消えた空は、青かった。

突然、「タコ壷を出て帰隊」の命令が届く。帰隊すると、大隊本部のある中国領事館へ、中隊長を迎えに走らされた。

領事館の玄関の段上には小さなラジオが置かれ、O大隊長と将校を交える数名が、直立して雑音混じりの放送を聴いていた。

玉音放送

重大放送とは聞いていたが、雑音混じりの声は、内容も判らぬままに終わった。と、突然、大隊長は刀を抜き、それを振りかざした。

そして、「今の放送はデマゴギーだ！　我々は騙されてはならない！　最後の一兵まで戦うのだ！」と怒鳴った。すると段の下にいた副官が、「確かに今の放送は陛下に間違いはありません」と大隊長を見上げて言った。逆上した大隊長は、段上から副官の胸のあたりを足で蹴った。そして解散を命じた。

涙を浮かべて歩く中隊長に、放送のことを尋ねると、「隊に帰ってから話す」と答えた。

壕を掘っていた兵隊たちが、円匙《えんぴ》や鶴嘴《つるはし》を放り出し、何かを言っている。ただならぬ事態と判ってくる。

隊へ帰り直ちに下士官集合。中隊長は敗戦を伝え、落ち着くようにと言った。思い詰めた顔の玉井へ近づくと、いきなり玉井は帯剣を抜き、それを腹に突き立てようとする。咄嗟《とっさ》のことだったが体をぶっつけて、それを止めた。

私たちの隊は、哈爾浜《ハルビン》駅の近くにいた。海拉爾《ハイラル》方面から日本人避難民満載の列車の到着。青ざめた顔で状況を話す人、背には既に死んだ児を負った女性もいた。

満州国軍の一時的反乱が伝えられて、銃声が聴こえる。夜になって物凄い爆発音、それは、砲を囲んだ兵たちの自爆とも聞いた。

翌朝、何処からかトラックを運転してきた玉井が、嚮導《きょうどう》訓練所へ一緒に行き、食糧を取って来ると言う。運転席の屋根に私は軽機関銃を構え、街を突っ走った。途中、進駐してくるソ連兵のトラックと初めて出会った。立ったままのソ連兵の服は、膝の抜けたのもいるが、ほとんどが胸に自動小銃を抱えている。何事もなく通り過ぎたのは、今思っても不思議である。

数日後、部隊は〈横川・沖両志士〉の碑の基で、武装解除された。

玉井は、その夜に根本という上等兵と共に姿を消した（玉井は一九四六年春、嚮導訓練所の原隊で死んだという）。張り詰めていた力が、全身から抜けていくのを私は感じた。

幾日かを経て、降り出した雨の中を、長い列を作り、阿城《アジョウ》方面へと哈爾浜守備の部隊は歩き出した。

敗残の列

敗残の列が続く。山も坂もない阿城《アジョウ》への道。鉄砲も帯剣も軽機関銃も、もうない。僅かな私物と食糧、密かに持っていた一個の手榴弾も、やがて捨てた。

あの興安嶺《コウアンレイ》越えでは、落伍し、装具を私たちに持たせた老兵たちが、大きな私物を背負い、落伍もしない。戦争は終って日本へ帰るのだ！ と信じているのだ。あの時私はマメ一つ作らなかったのに、踵には大きな靴疵。泥の道を次第に遅れ、他の隊に混じって歩く。

阿城からは貨車に乗る。あの山神府《サンシンフ》にいた若い金川軍曹が、水筒の蓋一杯のブランデーを飲ませてくれる。ふらふらになり、上れない貨車に尻を押し上げて貰う。初めてのブランデーは、美味《うま》かった。

行ったり、止まったりする列車。止まった列車の下で用足しの兵もいる。急に動き出した列車の下から悲鳴があがる。ホームに引きあげられたが服の中の大腿が千切れ、脚が裏返しになっていたが、その兵を置き去りにして列車は走りはじめた。

横道河子《オウドウカシ》を行く。胴に日の丸を掛けられ、まだ死にきれない馬が、首をもたげ、また伏す。石の陰に折り重なる屍体が黒く膨れ、鼻、口、眼から蛆が溢れている。ソ連兵のものか、木の小さな十字架もあった。油混じりの黒土がキャタピラに躙《にじ》られている。

炊飯の水を求め、夜陰の谷へ降りる。夜明けにまた行く。人、人、そして馬の屍体が浮いていた。

道の両側に、困憊《こんぱい》した難民の列。母親が児を捧げ持ち「お父さんは！　いませんか！」と叫んでいた。そこを顔も挙げられずに、敗残の列は行くしかない。

難民の中に、斉々哈爾《チチハル》で別れた天草の吉田が腰を降ろしている。声を掛けると、弱々しい笑みだけが返った。どうすることもできなかった。

海林《ハイリン》。列の中に、首一つ大きい坂梨幹部が鍾馗《しょうき》のような髭面でいた。そして拓友の河北武臣の姿もあった。「元気で生きて帰るゾー」と坂梨幹部は、大きな眼をぎょろりとさせて言った。

牡丹江に着いた。何もかにもが焼けていた。九月の名月をそこで観て、十月の名月は日本で観るのだと、皆は信じた。

月影に、ロシア兵の望郷のコーラスが、哀しく、そして美しく流れていた。

シベリア

収容所

「東京ダモイ」（日本へ帰る）。ソ連兵の言うその言葉を、皆信じていた。

しかし私は、海林《ハイリン》で若いソ連兵士から、ジェスチャーを交えて聞かされた「日本へは帰らない、モスクワだ」と、木を抱え鋸で挽く手振りのそれが、頭の片隅に不安として残っていた。

十月下旬、部隊は千名単位に編成された。そして有蓋貨車に詰め込むようにして乗せられ、東へ向けて動き出した。小雪の舞う季節となっていた。

国境の街綏芬河《スイフンガ》の通過は知らなかった。夜が明け、陽が右から射していて、騒ぎ出した。皆が予想していたウラジオストックとは反対の北へ向かっていた。不安は現実となりつつあった。

停車地で下士官集合。やがて弦《つる》の折れた眼鏡を持って篠原班長が帰ってきた。青白い顔をして
「大スケ（大隊長）の奴、俺を殴りやがって！」

篠原班長の言葉通りに、列車はハバロフスクからは西へ向かっていた。

降ろされたのは、ハバロフスクからシベリア鉄道を西へ約三百キロ。イズベストコーワヤという小さな駅。蕭条《しょうじょう》とみぞれ混じりの雪が降っていた。木造の建物の壁に、大きなスターリンの肖像が掲げてあった。

疲れと不安の集団は、銃剣を肩にしたカンボーイ（警備兵）に口汚くののしられながら、枯れ野の坂道を歩かされた。それは、紛れもなく自分たちが俘虜《ふりょ》であることを思い知ることでもあった。

三重の鉄条網に囲まれた丘の上の収容所は、荒板と丸太と白壁で出来た意外と整った収容所であった。与えられた仕事は、収穫期も終わりに近づいたコルホーズの畑地だった。赤い蕪や人参の収穫で、畑でならそれを食うこともできた。ゲップの出る程食った赤蕪の味は、いまでも憶い出す。

真っ白に降った雪の朝のことだったが、夜陰に七人の脱走者が出たと知らされた。しかし数日後には、全員捕らえられて帰って来た。

見せしめに、全員銃殺されると騒いだ。だが、それはなくて、制裁ともとれる奥地への移動が待っていた。

私はこのとき、捕虜でも簡単に殺されることは無い、例え十年シベリアにいても、必ず生きて帰るのだと心に決めた。

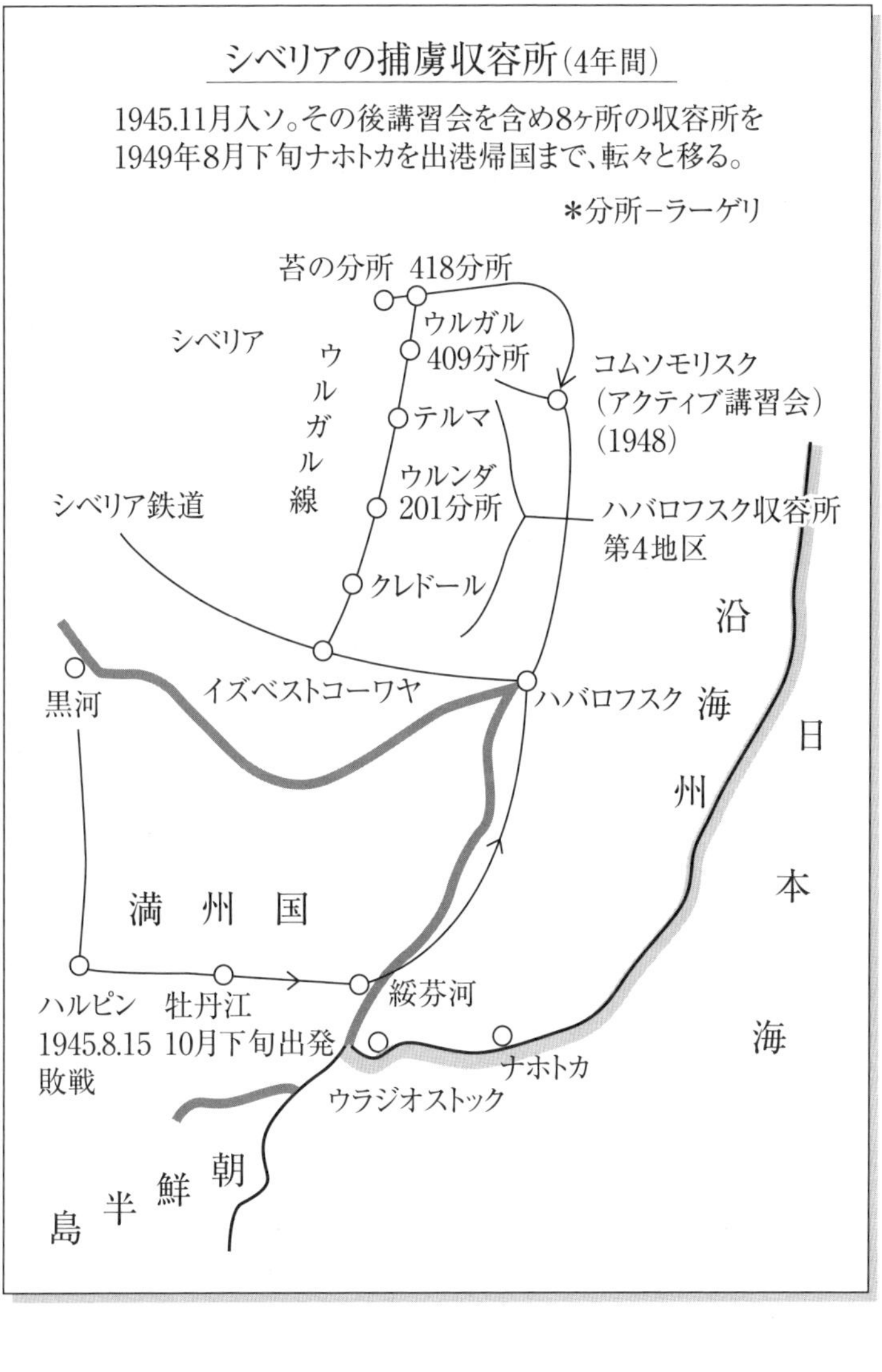
シベリアの捕虜収容所(4年間)
1945.11月入ソ。その後講習会を含め8ヶ所の収容所を
1949年8月下旬ナホトカを出港帰国まで、転々と移る。
*分所－ラーゲリ
苔の分所
418分所
シベリア
ウルガル
409分所
ウルガル線
コムソモリスク
(アクティブ講習会)
(1948)
テルマ
ウルンダ
201分所
シベリア鉄道
ハバロフスク収容所
第4地区
クレドール
沿海州
イズベストコーワヤ
ハバロフスク
黒河
日本海
満州国
ハルピン
1945.8.15
敗戦
牡丹江
10月下旬出発
綏芬河
ナホトカ
ウラジオストック
朝鮮半島

河沿いの収容所

奥地とは、ハバロフスク第四地区二〇一分所。この収容所《ラーゲリ》には四年の俘虜生活で一番長く、しかも最も厳しい収容所としての思い出がある。

脱走者七人を出したイズベストコーワヤの収容所からは、全く突然にトラック数台に乗せられて雪中の悪路を走り、まるで夢遊病者の状態で降ろされたのが、河沿いの森に囲まれたこの収容所だった。

周囲には一軒の人家もなく、耕作地もない。何のためにこのラーゲリはあると言うより、あったのだろう。それは次第に解ってくる。俘虜のために整備されたばかりの鉄条網や望楼。古びて陰気なこの収容所は、流刑の民の囚われの跡に違いない。来る途で、路傍の雪中に作業具を手に茫然と佇つ、黒いとんがり帽の囚人たちの姿と、それは重なる。

部屋の中心に一つだけの、鉄板製のストーブの薪取り、更に奥地へ向かう悪路の整備。そんな作業からこの収容所では始まった。十一月も半ば過ぎだった。

道路補修の帰路の出来事だった。河は氷結の前の氷が流れ始めていた。河沿いを行く列の後方で、警備兵《カンボーイ》の撃つ一発の銃声。驚いて止まった隊列は、カンボーイの指差す河向こうの岸に三頭の大型の獣の姿を見た。野牛であった。一頭に命中したらしく、膝を屈してもがいている。

無謀にも、東北出身の兵が、泳いで渡り牛の所へ行くと言い、裸になって河に入った。河幅は

三、四十メートル。見事泳ぎ切ると見えたところで、力尽きたように浮き沈みする。ようやく岸に這い上がったのを見た小泉という班長が、布に小石と一緒にマッチを包み、力いっぱい向こう岸へ投げた。見守る中で炎が上がり、数人が警備兵と共に河上の橋へと走った。生きた野牛の姿と、ほとんど匂いだけではあったが、そのスープの味を俘虜たちは、一度だけではあったが知ることができた。

それは、暗闇に射した薄陽のような出来事であったが、その後に来るシベリアの冬の厳しさと、死に至る恐ろしさには、まだ気付いてはいなかった。やがて襲い来る飢えと冬将軍《マロース》。そして、河の流れはがっしりと凍りついてしまった。

極寒の冬将軍

マロース。シベリアの冬は、恐ろしい。大地も河も樹木も、総《すべ》てが白銀の中に凍てつく。空腹をこらえ、早暁の寒気の中の飯上げ（食事取り）の列から見る、東天に輝く、切なくも美しい三ツ星《オリオン》。背を丸め雪中を作業現場へと歩く列にも煌《きらめ》く、ダイアモンドダスト。

冬将軍《マロース》は、極寒の総てを美しく粧いながら、俘虜たちの心身を苛《さいな》み続ける。

寒気に追い立てられながら、誇りも気力も萎えしぼんだ俘虜たちが、積雪の中を枯れ木の薪を求めて彷徨《さまよ》う。立ち枯れの木に、身を寄せて揺する。身体と共に倒れた、竹竿程の枯れ木を一本ずつ担いだ長い列が、のろのろと収容所へ帰る。警備兵も、もう何も言わない。

部屋は、低い天井と小さい二重窓。寝台と言うより、荒板で二段になった寝棚《コイカ》で、上段は座っていても頭がつかえる程の高さ。中央に鉄板で出来たストーブがあるが、隅の方の下段は寒い。二重窓は凍りつき暗い。食糧は日に日に悪くなり、どこでどうなるのか、黒パンは、最下級兵に配られるのは、最悪の時にはバーのマッチ程になった。それさえ、油断すれば誰かに盗られてしまう。老弱兵たちは日に日に目に見えて痩せ衰えていった。

教養もあり、尊敬もしていた老新兵が、まだ生きている帝国軍隊の組織の中で、苦しみ、もがきながら弱り、そして心ならずも人間の誇りも尊厳も失い、墜《お》ちていく姿を見るのは、たまらなかった。

満州や故国に別れ置いてきた家族への想いと願いは、命と引き換えのようにして、パンを差し出して、占いのために、コックリさんへ縋ることにもなった。飢えのあまりに私も、煉瓦が黒パンに見えたり、鶴嘴《つるはし》で起こしたツンドラが黒砂糖の塊に見えてしまうこともあった。

平時の内務班では、食餌《しょくじ》の分配など見向きもしない上級兵が、真剣そのものに匙加減をする愚かさは、地獄を這い回る餓鬼同然の姿でもあった。そして、それを、息を飲んで凝視する自分の姿もまた、その淵を覗いていることに違いはなかった。

何で、どうして、と悶える想いが、少しずつ私の中で膨らんでいった。

ウルンダ河の架橋工事

飢えと寒気に苦しみながら、一九四六年の年が明けた頃から本格的な作業が始まった。

それは、悪路であっても、奥地へと続くただ一本の道路のための、橋を架け直す作業であった。収容所に沿って流れるウルンダ河。河幅は三、四十メートル。橋は湾曲し狭くなった場所に古く痛んだのがあったが、先ずそれを架け直すというのだ。がっしりとほとんど河底まで部厚く凍った氷を掘り、橋脚の基礎造りから始まる。一方では、森から大木となった唐松や樅《もみ》を倒し、現場で角材にして、河の氷上を運ぶ。その他の算木となる直径三十センチ程の丸太も大量に伐採して、担いだり引きずったりして運ぶ。凍りついた河は平坦で、整備された道路同然になる。普通の防寒靴は滑るので、縄を巻いたりしたが、フェルトのロシアの防寒長靴は、軽くて滑らなかった。角材や丸太運びは、重労働で大変だ。土師《はじ》という百戦の曹長がいたが、黒眼鏡を掛け、ドスの効いた掛け声で俘虜たちを奮い立たせるのが上手い人だった。この人の掛け声にかかると、腹ぺこの俘虜たちも瞬発的にではあるが、重い木も動かすから妙だ。担ぐ時には、「あーげッ」「ヨーイサッ」「もう一つ」「ヨーイサッ」という具合。ところがカンボーイの奴らが何故か、ゲラゲラ笑う。こちらは百足《むかで》のように丸太を何人もで担ぐのだが、もう必死の力を振り絞らねばならない。土師曹長が、「何が可笑しいかッこの野郎！」と怒鳴っても、また笑う。後で判ったのだが、「ヨーイサッ」がいけないらしい。下品なロシアの言葉に〈ホイサッシー〉（耳で聞くとこうなる）というのがあるが、彼らにはそう聞えるらしい。後の鉄橋作業の時、女の囚人に〈ホイニャー〉と私が言ってひどく怒られたが、自分では〈駄目だ〉と言ったつもりが、女性を大変侮辱する言葉だったのだ。言葉は便利で面白くもあるが、耳からの言葉は用心が肝要である。

木橋は、工兵小隊の手で見事完成。日本の木による伝統技術に、ロシア側も瞠目の様子だった。俘虜が〈死に神〉の名を奉った、痩せたロシア人監督の厳しい顔も、この時ばかりは和んで見えた。

待遇改善求める

春が来た。暗くて寒い、そして長い初めての冬。雪が解け、河の氷が緩む。

ダモイ（帰国）への淡い期待と、陽光の明るさが、打ちひしがれていた俘虜たちを、僅かながら元気づける。

木橋架橋作業の後は、どうやら河上にあるドイツとの戦いのために転用したという、橋脚のみとなった鉄橋の復旧作業のようだ。

それで解ったのは森に囲まれた河沿いの古びた私たちの収容所が、木橋と鉄橋、そして奥地へ至る鉄道建設に使役された囚人達のラーゲリであったということだった。

その作業は、鉄橋両岸の整備と旧路盤と側溝掘りなどと、またそれに伴う森林の伐採も始まった。

厳冬の中では多くの衰弱兵が出た（彼らは何時の間にか何処へとも知れず運び去られ、姿を消していた）。

朝の作業整列中に倒れ、その場にいたS准尉による容赦のない罵倒がもとで死亡したWという兵。その枕辺に米の飯が供えられたという話も、哀しい。

ソ連そのものの食糧不足か、輸送事情によるものか。極端な偏りや欠乏、それと収容所内の待遇や差別に対する、兵たちの意識の微妙な変化が、分配の整合を求める声となり、結果は少しずつ良い方向へと展開していった。

例えば、一日三百五十グラムの俘虜の黒パンは、一個四キログラムのパンを目安で切り分け、その後計りに掛け、小さな端切れまでも、おもちゃの軍艦のように楊枝で串刺しにして、兵も上級者も平等に分けるようになった。またスープもカーシャ（穀物を粥状にしたもの）も、一定の量に分配するようになり、ささくれて暗かった上下の関係も次第に改善されていった。

勇気の要ることではあったが、最下級の襟章（一ツ星）を、自分で取り除くことも始めた（それを〈反軍闘争〉とも言ったが、そんな理屈は知らぬままの行動であった）。

そうして、俘虜たちは、徐々にではあったが、明るさと元気を取り戻していった。

雪解けとともに、鉄橋作業、岩壁の削岩作業なども本格化してくる。雪解けで水量も増したウルンダ河。その上に渡された鉄骨の上を、俘虜は行き来する。防護柵もない、恐怖の作業現場であった。

強い絆

戦場では当然のことだろうが、生死の狭間に結ばれた絆は強い。

ウルンダ河の鉄橋を架ける作業を共にし、現地で別れ、その後生還を知り、交流を絶やさなかった人たちがいた。

福岡にいた元班長の篠原壮一、秋田の兵、高藤重道、大分竹田の老新兵矢西勇など。

他にも、絵の手ほどきをしてくれた岩手の中島（菅野）敏、義勇軍の先輩で熊本の宇野春喜、同じく香川の佐藤正己（現存）がいる。

雪解けで満水、流れも速いウルンダ河。時折の突風もある橋梁工事は、ようやく体力と気力の回復期の俘虜には、恐怖の作業現場であった。

分厚い眼鏡、もっそりと大柄の矢西は高所が大の苦手で、一旦恐怖に取りつかれると、もう鉄骨にしがみついて、動けない。山神府《サンシンフ》以来の篠原班長は、兵の心理をよく知っていて、矢西をその現場から離してやろうとしてはいた。戦後に会って、その話になると、今想い出しても膝ががくがくすると、顔をしかめていた。

高藤兵長も眼鏡を掛けていた。私ぐらいの体型で、上級者ではあっても威張ることもなく、枕木担ぎなど、よく二人で組んだ。その枕木だが、鉄橋のためのものは、特別に長大で重い。体型が違ったり、気が合わなかったりでは、危ないのだ。それでも一度だけ、危ない目に遭った。

長大な枕木を二人で担ぎ上げ、鉄骨上に差し掛かり、肩替えをしようとして、高藤兵長の眼鏡がとれて、下の河原に落としてしまった。近眼に眼鏡なしでは盲人同然、悲鳴ともつかぬ声に顔を扼ると、兵長は枕木を肩にしたまま、鉄骨にしゃがみ込もうとしている。「捨てようッ」と一、二の三！　で枕木を河原に放り投げた。そして私は河原へと走った。幸いにも眼鏡は、割れもせず無事だった。

飄々として、どことなくある喜劇役者にも似ていた秋田の高藤も亡くなって久しい。抑留から解放され、古里に帰還後、紳士然としてひょっこり訪ねて来た篠原班長。相変わらずもっそりと現れた矢西勇。みんな、もういない。

俘虜に絵を教わる

厳しく、危険がいっぱいの鉄橋の工事であった。幸いここでは一人の犠牲者も出すことはなかった。

程なく、まだ固まりきれない路盤にレールが敷かれ、ゆっくりと波打ちながら、イズベストコーワヤの方から進んで来る巨大な機関車。それを見た時の、その言い知れぬ達成の欣びは、俘虜であることさえも忘れさせるものがあった。

ただ、岩盤削除の作業中に、たまたま腹を壊していた兵が、腹下しのため藪陰に走ろうとして、警備兵に撃たれ、死亡するという事件があった。それは、厳冬を生き延びた兵の、花の丘での何とも無念な死であった。

短い夏。どこで知り合ったかは忘れたが、宇野春喜という熊本出身の、元義勇軍の兵がいた。将校当番などもやっていたらしく、短躯ながら元気者で、その頃完成したばかりの鉄路を単身で見回る仕事についていていた。

作業後の、白夜で長い日暮れ刻《どき》、「米の飯を食わせるゾ」と宇野が囁く。蓋を開けた飯盒の中には、仄白く米の飯が見えるではないか。しかし、一口食って、それは百合の根と判った。満州でしたたかに生きたに違いない彼は、シベリアでもまたしたたかであった。

今、シベリアの夏を想う時、赤い百合の花は、一人の兵の死とともに浮かんでは消える夏の花である。

その年の暮れ、夜間のバラスを降ろす作業に出て、足の指が軽い凍傷になり、屋外作業を休んだ。退屈しのぎに、板切れに石灰を塗り、ランプの煤で虎の絵を描いた。子どもの頃に、旅館の衝立《ついたて》にあった、あの虎の頭だ。

部屋に点検に来たロシア人の作業監督アレキサンドルが、目聡《ざと》くそれを見つけ、私が描いたと解ると、私を連れ出して、スローガンや絵額を描いている中島敏という人に会わせてくれた。監督は一緒に絵を描けと言う。

どことなく品のある中島は、東北の人で口数は少なく、優しい人であった。美術教育を受けた人のようだったが、絵が好きなだけで何も知らない私へ、いろいろと親切に教えてくれる人だった。初めて聞くデッサンや木炭などの言葉、それは、何と新鮮に私の心に響いたことか。いまは亡き中島という人と共に忘れることはない。

故国の新憲法

一九四七（昭和二十二）年初夏、ウルンダの二〇一分所から、さらに二百キロ以上も奥地の小さな収容所へ、またトラックで運ばれ、私たちは移転して行った。

二〇一分所では、三百名以上はいたと憶《おも》う仲間も半数程になり、強い絆で結ばれた兵たちも何処へとも知れず、ばらばらとなる。将校も一人もいなくなった。宇野春喜だけが、他の班ではあったが、移動の中にいた。

その地名も判らず、自分たちがいま何処に居るのさえ判らぬ、遠くへ来てしまったという感じであった。

そこは、鉄条網の囲いもない、古い丸太の家が幾棟かあるだけ。ここもまた民家も耕作地も全くなく、清冽な流れを隔てる向こうの緩やかな斜面は、そのほとんどが銀緑の深さ三〇センチもある美しい苔に覆われていた。

その苔の下は、六月というのにかちかちの蒼氷であった。そして、六月半ばというのに雪さえ降った。真冬は零下六十度にもなると言う。ここで何をするのかと思っていたら、仕事は、その美しい苔を剥ぎ集め、立方体に積む作業であり、毎日それを続けた。それが何の役にたつのかは誰も判らぬままだった。

川べりや家屋の周りに名も知らぬ（ヤナギランか?）野草が萌え立ち、やがて紅い花の塊をつけた。萌え出した時、摘み取って煮て食べると、とろみがあって旨かった。

寂しい奥地ではあったが、苔の絨毯とヤナギランの紅い花。そして、瞬時に更に奥地へと通り過ぎたトラックの上の白、赤、緑のチマ・チョゴリの女たち。それらは、シベリアで見た夏の幻だったのかも知れない。

ある日、ハバロフスクからという一人の日本人が現れた。それは、同じ俘虜ではあるが、いわゆる民主運動の活動家（アクティブ）であった。夜の集まりで、彼は言った。

この年の五月三日、故国日本では〈新憲法〉が施行された、と。それに、六月になって、社会党片山内閣が成立した、とも……。

地図の上の何処に居るのさえ判らぬ私たちが聴いた、遠い日本の話であった。

壁新聞

短い夏、夢幻の名も知らぬ収容所から、またもや移動。今回は逆送のトラックで、もしや、とダモイ（帰国）を想ったりもした。

しかし、着いた所は、谷を望んだ赤松も含む原生林の中に、俘虜自身のために建設中の収容所であった。そこで解ったことは、採集した苔が、積み上げる丸太のパッキンになるということだった。そして、比較的若い兵が多いと思ったのは、まだ兵役の年齢に達していなかった満蒙開拓義勇軍の集団もいたからである。

将校らしき者はいなくて、軍隊組織の影はなく、民主委員会を中心にした活気の中で、建設は進められていた。委員長と称する活動家はまだ若く、アジ演説が得意のようだった。

建設中の収容所は、ウルガルからさらに奥地へと延びる鉄道建設の拠点となるらしかった。

二人挽きの鋸《ピュラ》、丸太に溝を掘る斧《タポール》、木製の手押し車《ターチカ》や鶴嘴《キルカ》。それらの道具も使い慣れ、特に左官や大工の専門職は大切にもされた。

建築材の確保のための伐採作業は、危険を伴う重労働でもあった。私はここでは宇野と組んで、この仕事をした。小まめで力強い彼との仕事は、気も合い作業は捗《はかど》った。

そう多くいるものでもないが、ここには蝮《まむし》がいた。それを捕らえると宇野は、器用に皮を剥ぎ、内臓も一緒に飯盒に入れ、水なしで蒸し煮。匂いはいま一だが、何よりの元気の素となった。特に夜盲症などには、よく効いた。

収容所の中央に、食堂を兼ね、舞台も備えた集会場が完成、〈トロイカ〉と名付けられた。

そこには壁新聞も張り出され、投稿もされた。何とはなしに、紙片に詩ともつかない文を書いて出してみた。翌日に何と、それがデカデカと壁新聞に出ているではないか。

題名は〈奔流〉だった。詳しくは忘れたが、シベリアの奥で生まれた一滴の水のことを書いたと憶《おも》う。それは、苔の収容所の清冽な流れからの発想であった。

〈奔流〉は、私を思わぬ方向へと導いて行った。私は委員会に呼び出され、青年行動隊の文化委員にされてしまったのだ。

民主化委員

青年行動隊の文化委員になったからと言っても、急に何かができるわけでもない。事実、何もできなかった。

できることと言えば、集会場〈トロイカ〉の舞台を使った演芸会のための使い走りをするくらい。俘虜と言っても、召集兵の前身はいろいろであった。浪花節語りもいれば、役者もいる。東北出身の兵の民謡など、日頃はぼんやりとしていても、素晴らしい声の持ち主であった。驚いたことに三味線やバイオリンを手造りし、それで〈明治一代女〉の弾き語りなど聴かせてくれた時には、涙の出る程感動した。

人間は、どんな環境にあっても、何かを創り出し、生きる歓びに変えていく、底知れぬ力を持っていることを、私は知った。

委員となり、一応アクティブ（活動家）ともなれば、勉強会もある。「日本新聞」や限られた書物、例えば「ソビエト共産党小史」などの輪読会などもあった。いわゆるシベリア呆けもあったろうが、悲しいかな基礎学力のない身では難解な書物にしどろもどろということもあった。

そんな折、ハバロフスク地方講習会というのが三ヵ月間コムソモリスクで開かれ、それに参加するために、収容所から二名が選出されることになった。

私は、これこそ願ってもない機会と思い、何とか参加できないか考えた。そして、そのことを宇野に話した。宇野は考えていたが、「よし俺が、全員集会でお前を推薦してやる」と言ってくれた。

ありがたいことに宇野の力説が通り、他の一人と共に講習会に参加できることになった。

講習会には、ハバロフスク地域の収容所から二百数十名が来ていた。講師は、元帝大で教鞭を執っていた人や、非合法下での労働運動指導者、プロレタリア作家などもいた。

講義は高度で厳しく、講義、討論、試験が連日という具合。基礎学力のない者にとっては大変であった。〈レーニン主義の諸問題〉などを立て板に水のように喋られてもさっぱり判らない。

たまりかねて、夜に講師の部屋を叩き、もっと易しく教えて欲しい、と頼みに行ったこともあった。だが、学歴を訊かれ、高等小学校までと言うと、とても無理だとも言われた。

個人記録

僅々三ヵ月の講習で覚えていることと言えば、難しかったということぐらいで、その内容は殆ど忘れてしまっている。

その中で、講師の一人プロレタリア作家の山田清三郎という小柄の老人（五十代？）が印象に残っている。この人は昭和初期からの作家で、小林多喜二が一九三三年、官憲に捕らえられ虐殺された時、その遺骸を引き取りに行った話などしてくれ、決して雄弁ではなかったが、誠実な人柄を感じる講師であった。そして『太陽のない街』を書いた熊本出身（この時にはまだ知らなかった）の徳永直《すなお》のこともこの人から聴いた。

ここで偶然、故国からの便りを仕分け作業中に、あまりにも偶然に、父からの便りを見つけた。〈イマ日本デハサクラガ咲イテイル……〉。電文のような短い文は、一年前に記されたものだった。父の頭髪が真っ白の夢を見たこともあったのだが……。

講習会は、忽ちのうちに終わった。

二〇〇六（平成十八）年五月、厚生労働省社会・援護局から、申請していた〈ソ連邦内務人民委員部、戦争捕虜・抑留者業務管理総局〉の登録文書（露文）が私宛てに届いた。

捕虜期間中の私個人の調書で、登録され保管された文書である。入ソ後、通訳を通し調査（出身地や親族、軍歴階級など）があり（この時、父の名さえ憶《おも》い出せず、通訳に怒鳴られた）、その記録と別に、コムソモリスクの講習会その他が、どう記されているかを、私は知りたかった。

こういう文書が、請求すれば入手できることを、私は新潟在住の元抑留者の村山常雄氏（二〇〇六年度吉川英治文化賞受賞）から知らされた。

その細部は略すが、〈人物概要〉……受講中、高い自律心を示し、討論では熱心に発言、内容を順序立てて説明できる。（武士道精神に長け……？）文化活動への関心を示す（絵を描くこともできる）。成果として、（一）ソ連邦に関する問題――〈優〉。（二）日本に関する問題――〈良〉。（三）国際関係――〈良〉。（四）論理性――〈良〉。（五）その他――空欄。（六）総合評価――〈良〉。結論として、文化活動要員として活動することは可能。講習担当長官　署名。一九四八年五月六日（訳・今野泰）と記されていた。

議長に

講習会が終わり、それぞれはオルグ（組織者）としてハバロフスク地方の各地の収容所へ散って行った。

私は、元の収容所へは帰らず、ウルガルの未知の収容所四〇九分所へ派遣された。どういうわけか（多分、二十歳そこそこで、成績もパッとせず頼りないと思われたのか……）講師の一人小澤常次郎という人が私について来た。

私自身、講習会へは宇野に推薦まで頼んで行ったのではあるが、目的は組織者や指導者を目指したわけではなく、何かを学びたい一心だったので、正直困惑していたのだ。

着いたのは、夕刻だった。馬場という元准尉がこの収容所の作業大隊長であった（後で判るが、元予備士官学校の教官で、その生徒の一部と共にここにいた）。小澤講師がわざわざついて来たのも、それが原因だったのかも知れない。

その馬場元准尉に案内されて、薄暮の中の各部屋を回った。と、ある部屋で「何だ、加藤（確かそう言った）が帰って来たのではないのか……」。不満気なその声で、前途は多難だなと予感した。希望の星は帰らなかったのだ。ここでもう私は、腹を括ることにした。

夜、食堂兼集会場に全員集合。そこで挨拶を兼ね、何かを話すことになった。そこで、講習会で、比較的解り易く、共感もできた〈民主民族戦線に就いて〉というのを、小さなメモをもとに話した。かなり長く喋ったと思うが、作業後というのに、私語や居眠りする者もなくて、最後まで聴いてくれた。

翌朝、小澤講師は、にこにこ顔で握手を求め、「立派にできるじゃないか、私は安心して帰るよ」と、帰って行った。憶《おも》い出しても冷や汗ものだが、オルグとしての出発であった。

そして、ここでもまた意外な邂逅があった。宇野春喜がこの収容所に来ていたのだ。どうして此処に、と訊くと、熱を出しウルガル病院へ入院、治癒後にこの収容所へ来たと言う。

この心強い味方の出現は、何か運命的にさえ思えた。そして先ず、反ファシスト委員会の選挙の実施であった。幸いなことに宇野も委員となり、互選で、とうとう私が議長に推されてしまった。

カタカナサークル

反ファシスト委員会議長。迷いと困惑を抱えたままに、主として文化活動や生活改善のために私は没頭した。宇野は、生活部委員として終始支えてくれた。

狭くはあったが個室も与えられ、服装までもソ連側の指示で、新品を支給された。その私が、恐らくこの収容所では最年少ではなかったか。

先年、大分に住む四〇九分所にいたことのある、元俘虜の槙本《まきもと》隆一という人が、その手記の中に、……まだ少年のような新しいオルグが来て、収容所の雰囲気が明るくなった……とも書いてくれているし、それなりに私も一生懸命だったと思う。

当時、ウルガル四〇九分所の最大の仕事は、小学校の建設工事であった。

日に日に積み上がっていく学校の建設現場は、見応えがあり楽しかった。言わば棟梁でもある作業班長に、千（仙？）場というある種の風格を備えた人がいた。この人は、何も知らない若僧の私に、迷惑がりもせずいろいろと教えてくれ、現場での困ったことも伝えて貰い、改善に努めた。

その頃になると、定期的に「日本新聞」も届くようになる。国際情勢や日本の現状、それに各地の運動のことなど、ある程度この新聞で識ることができた。作業後や昼休みなどで、部数の限られた「日本新聞」を、輪読の形で俘虜たちは読んだ。おおむねそれは、アクティブ（活動家）が中心となって行われた。

この輪読会で困ったことは、どうしても輪読に加わろうとしなかったり、その場を逸《そ》らす人のいることだった。よく訊いてみると、「読めない！」つまり文字を知らない、という人がいるということだった。私も基礎学力の不足で悩むことはあっても、最低の文字を読むことに不便はなかったので、驚いた。手を尽くし、調べてみると、かなりの人数そういう人がいた。幸いこの収容所には高学歴の人も多く、その人たちを教師にして、いわゆるカタカナサークルを始めた。それは、短い期間ではあったが、反ファシスト委員会で人に役立つことのできたと思う、唯一つのことではなかったろうか。

夜遅く、個室の戸を遠慮がちに叩き、小さな紙切れに書かれた文字を見せて、「お陰で、親の名前が書けました！」というではないか。その夜、さまざまな想いがかけめぐり、私は眠ることができなかった。

追放

一九四九（昭和二十四）年二月、ウルガルの小学校建設が終わり、ウルガル線イズベストコーワヤ寄りのテルマという処の収容所へ移転。鉄道の補修や側溝作業が主の仕事となった。

ある日、予告もなく全員集合の呼び掛けがあり、そこにはハバロフスクから来た、ソ連政治部将校の少佐が着席していた。

突然私の名が呼ばれ、私は壇上に立たされた。そして少佐から、厳粛な声で「宮崎を反ファシスト委員会議長を解任、民主グループから追放する」と宣告された。その理由は、元ファシストの尖兵である満蒙開拓義勇軍の一員であり、前歴を隠して民主運動に潜り込んでいた……と言う。

確かに義勇軍の一員ではあった。しかし隠す必要がどこにあるだろう。そもそも、それは、民主運動に共感する私なりの理由の一つではなかったのか。軍国少年としての志願兵でもあった。だからこそ民主運動の煉獄の中で自分自身の再生を願っているのではないか。

私の中で、そのことが渦を巻いていた。しかし、私はただ黙って佇《た》っていた。

非難と侮蔑の眼。そして怒号……。ついさっきまで一緒にいた仲間たちの顔顔々がそこにあった。私は今吊るし上げにされてここに立っているのだ……。

追放になった私は、収容所の中で最も作業能率の上がらないプローホラボータ（不良作業）班の一員にされて、そこで働くことになった。

そこに、カタカナサークルの一人Mさんがいた。しかも班長。彼は私を、笑顔で迎えてくれた。「宮崎さんが来てくれたのだから、やりますヨー」。班長（元下士官）がどうしてカタカナサークルへ？（敗戦のどさくさでの昇級らしい）。シベリアではいろいろあった。私たちは最後まで星一つの二等兵であったが、いつの間にか特進（？）の下士官もいた。

Mさんは元和歌山のミカン山の石工だったと言う。それは、雪解けと凍土で困難な側溝作業であったが、私たち俘虜の作業員に大量の石を集めさせて、本職石工の技で一気に完成させた。それには、ソ連・日本両側共に瞠目、シニカルな笑みを浮かべたMさんの顔が忘れられない。

五月になって、さらに移転、今度は最初の二〇一分所の近くの駅での水道工事であった。駅の下を流れる河は、今では懐かしくさえある、ウルンダ河であった。

帰還へ

俘虜としてシベリアでの最後の仕事となったのは、エヒルカン駅の給水施設の水道工事であった。冬の凍結を避けるためには、永久凍土より深くに水道管を埋めねばならない。狭く深く掘る穴。そこへの水道管埋設作業。その危険の先端に、一人の若いソ連人技師が常にいて、黙々と鉄管を繋いでいた。

八月に入り、工事も終わる。愈々ダモイ（帰国）のために、列車を待つ時が来た。と、停まっていた貨車の屋根で、あの若い技師が幼い我が児を抱いたまま、演説を始めた。

「私の祖父は、日露戦争で日本軍の捕虜になり日本へ連れていかれた。しかし日本人は祖父たちを大切にしてくれた……私も同じ人間として、心から平和を願っている……」

愈々別れの時、経理将校の家の薪割りを手伝ったときの夫人が、突然私を抱き締め、額にキスをすると「ダスビダーニャ」（サヨウナラ！）。碧い美しい眼の人であった。

ダモイのため、以前にいたテルマに集結。ところが、此処で名指しされ、私はソ連事務所（カントーラ）に呼び出された。此処テルマでの悪夢、追放のことが甦り〝当分は帰れないナ〟と覚悟を決めて戸を叩いた。

「やぁー、ミヤザキー」と、手を差し伸べたのは、政治部のあのマションキン上級中尉。収容所の都市部（コムソモリスク）と辺地ウルガルの生活給与の落差について、夜を徹して交渉、論じ合った中尉ではないか。

「あなたには、済まないことをした。あなたは……本当のデモクラチストだった！」と、また手を握る。そのいきさつはどうであれ、何か胸のつかえが降りる気持ちだった。

二〇〇六年に届いた調査登録文書の最後に、マションキンの署名があったが、追放のことは何も記されてはいなかった。

列車は、故国への出港地ナホトカへと走る。みんな生きて還る歓びで一杯だった。語り合うのは家族のこと、帰国後の生活設計、好きなものを腹一杯、などなどと尽きることはなかった。

故郷を離れて七年。濃密な歳月が私の脳裏を駆け巡る。だが、これからの生きる術《すべ》は、私には何もない。寒中に作業を免れ、後ろめたい中で描いた絵のことが、浮かんでは消えた。

帰郷

父との再会

一九四九（昭和二十四）年八月二十二日にナホトカ港を出港した引き揚げ船大郁丸《だいいくまる》は、私たち二千名を乗せ、二日間の日本海航行後八月二十四日に舞鶴港に入港した。

二日間の航海は天候に恵まれ、緩《ゆる》やかな波はあったが穏《おだ》やか、帰還者たちも穏やかであった。船上で、ウルガル四〇九分所のカタカナサークルにいたという、大阪出身の兵に会った。夜半に私の部屋を叩いた、鋸の目立てをずっとしていた人だった。私の手を両掌に包むようにして、「忘れません」と言った。

私たちは、静かに上陸した。翌二十五日の新聞（熊本日日新聞）には〈舞鶴共同〉として、〈大郁丸組、平穏に上陸〉とある。船長談話として〈こんな静かな引き揚げは再開以来初めてだ、話し掛ける態度も実に紳士的だった、引き揚げ者の全部を過激思想の持ち主と見るのは大きな誤りだと思う〉とある。

デモ、沈黙、吊し上げ……。それまでの引き揚げ船のあまりの過激ぶりが、日本中のひんしゅくを買っていた、ということだろう。私たちは討議を重ね、当然のこととして静かに上陸したのだった。しかし、上陸して所定の手続きが終った後、私たち数名は何を画策したわけでもないのに、検束され、別棟に隔離された。そして日程をずらされて、帰郷の途につくことができた。何故か天草の温和なN氏も一緒であった。N氏は先年亡くなったが、長い交友を続けたことは、言うまでもない。

舞鶴では、別の船だったのだろう、萬順訓練所の拓友徳永幸喜の姿も、ちらっとだけ見たが、声を掛けることはできなかった。

熊本駅に降りて、駅前の広場に立った時、七年前の思いと、何と異なり狭く見えたことか。予定の帰国団にはおらず、日を違えて帰って来た私を熊本駅に迎えたのは、長兄の強《つよし》であった。兄は熊本に宿して待っていたのだろう、その安堵とも憤怒ともつかぬ眼には、懐かしさを超えてしまうものが光っていた。

兄が知らせたのだろう、故郷小国《おぐに》の役場前には、河津寅雄町長ほか大勢が出迎え、懐かしい小国言葉が飛び交った。「シズしゃん、元気じゃったナ……」と。そして、田原の村外れの野に、村人と共に、父がいた。

農業に励む

黙ったまま、しっかりと手を握った父の眼に、涙があった。

変わらぬ村の佇《たたず》まい。柿の木と八重桜と松のある我が家。祖父は死んで、いなかった。八十三歳だったという。仏印（ベトナム）から次兄諫夫も還っていた。昼間、薮に隠れ、夕暮れを待って家に帰ったと言う。〈生きて虜囚の辱めを受けず……〉という戦陣訓がまだ生きていたのか！三兄幸夫は長姉ハナコの養子となっていた。弟濱夫、末弟喜利夫。七年の歳月が、寡黙と朗らか、それぞれの青年に育てていた。

五人の児の母親となった兄嫁ちどりは「きつかったじゃろうナ」と背中を流してくれた。幼い姪は「シズおじちゃん」と言い「座敷に写真があるき、知っちょった……」とはにかんだ。小さくて抱くと軽かった。床の間に、小さな私の写真が飾られていて、蔭膳が供えてあった。

クラスのみんなが来てくれた。那津二、昭二、清吾、道夫、正、良隆、隆雄、徳宗、次男、義夫、久光、康永、友茂、益喜、善夫、八州男……嫁になったテルさん、ウタさん、シゲさん、シナさんも！　みんな元気だった。

私を満州へ行け、と送り出した河津清次先生も訪ねた。北里小学校の校長先生になっていた。「よく生きて帰ってくれた」と奥さんも一緒になって喜び、小さな校長宿舎に泊めて貰い、話し明かした。先生は、私のその後を心配し、就職の斡旋もしてくれたし、絵を志してからも、九十六歳で亡くなるまで支えて下さった。満州は、先生の心に痛みとなって、深く刻まれていたに違いない。私もまた、軍国少年であったのだ。

昭和二十四年九月、総《すべ》てを振り払うようにして、帰国後一ヵ月も経たぬ中で、弟たちと共に農業に励むようになった。先ずは干し草刈りからだった。弟たちは、もうそれぞれに、逞しい働き手となっていた。始めは、弟たちの半分の仕事もできなかった。でも、若かった。彼らに教わり、昔の農作業を想い出しながら働くのはたのしかった。七年ぶりの草刈りの野面《のづら》を渡る、末弟喜利夫の歌う盆歌が懐しく、心に沁みた。

青年団へも進んで加わった。氏神鎮守の祭りでは、バザーのポスターも描いた。演芸会の演《だ》し物も手伝った。村には若者が溢れ、戦争の時代から解き放たれ、沸き立っていた。

再び離郷

昭和二十六年一月二十六日、父は死んだ。俄《にわか》炭焼きとなり、原野にいた私は、その最期を看取ることはできなかった。

寒く、小雪の舞う日であった。午前まで製縄機を踏んでいたという父は、腹部の激痛を訴え、医者も遠く、為す術もなかったという。六十一歳の早すぎる死であった。

私が密かに絵を志していたのを、見守ってくれていた父。炭焼きのため、原野に牛を追い共に荷を運んでくれた秋。涌蓋山《わいたさん》の麓に、銀灰色に波打つ薄《すすき》に見惚れる私に、「こげな美しいもんは、絵でもなかなか描けんじゃろう」と言った。

密かに講義録を読む私を父は知っており、「何もしてやれんが、好きなようにするタイ」とも言ってくれた。

父は、炭焼きに使う縄をなっていたのだろう。たまらなく父を想い、炭焼き小屋に私は籠もった。

大自然に癒やされ、体の全筋肉を使って没頭した炭焼き。しかし結果は、みじめであった。あの澄んだ金属的な音のする炭は、遂に焼くことができずに終わった。

杖立に、土方の仕事に出た。一日二百九十円。熟練すれば三百円。十円の厳しさも味わった。

杖立は、深い谷底。その谷底からの這い出しも、容易なことではなかった。

底辺の唄に「土方殺すに、刃物はいらぬ。雨の十日も降ればいい！」ともある。

たしかに、晴雨に左右される土方仕事に前途は無かった。

炭焼きのときも、土方をしていても、頭の片隅に〈絵〉があった。それでは立派な炭焼きにも、立派な土方にもなれないのだ。

旅の肖像絵師が、私が木炭で描いた父の絵を褒めたと、祖母が言った。プロラーブル（作業監督）のアレキサンドルも、私の描いた絵を褒めたではないか。「オーチンハラショー！」と。

二十六歳になっていた。一九五三（昭和二十八）年一月十八日。杖立のバス停から私は、旅立った。同級生だった穴井昭二と、シベリア帰りの中学教師内田労氏が見送りに来てくれた。ゴム長を履き、竹行李一つの私であった。そしてあの大観峰を再び越えた。

熊本市子飼《こかい》の電車の終点にあった、がらくた屋の前のバス停で私は降りた。

今でも子飼と聞くだけで、懐かしい。がらくた屋で緑の欠けた沖縄の壷を百円で買い、今も大切にしている。

Ⅲ

まどろみの幼年

モリしゃん

モリしゃんは私より四つ程年上であった。いまで言うなら登校拒否とか不登校児となるだろうが、何故か学校には行かずに家におることが多かった。まだ一年生にならない私は、四、五歳のころから、いつもモリしゃんの遊び相手であった。後ではシズしゃんと呼ばれたが、そのころはシィちゃんであった。

「シィちゃん来《き》ない」と呼ばれると私は喜んでどこへでもモリしゃんについて行った。

モリしゃんの家は私の家から少し走り降ったところにあって、庭には高く伸びた大きな柿の木があり、片方には高い石垣が迫り、そのせどやと呼ぶ通路は、暗く、じめっとしていた。

あるとき「これはえじもん（恐ろしいもの）……」といって怖い顔をしたモリしゃんが石垣の穴からとり出して見せてくれたものは、根元を束ねた女の髪の毛とべんがら色をした入れ歯であった。

「タマゴを食うや……」。

裏の収納小屋には、放し飼いのにわとりが卵を産む定所がある。

二つのタマゴをとるとモリしゃんは桑畑の中へ私を連れ込み、削《そ》げた桑の切り株でタマゴに小さな穴を二つ上手に開けて「こぼすなよ」と一つを私へくれる。春蚕《はるこ》のための桑の葉は軟らかく葉を拡げ緑色のトンネルとなっており、そこへ屈《かが》んだ二人はくすくす笑いながら、タマゴをすする。

「言うなよ」「うん」。桑畑のトンネルから先に私が出ると、そこにはモリしゃんのおっ母さんのおしをおばさんが立っていた。

「モリしゃんな知らんな」。「しらん」と首を振った。「タマゴをとったろー」。私は急いでしらを切った。おばさんは笑いながら「とらんちあるな……」と私の胸あてを指さす。いろんな汁をくっつけて茶色になったネルの胸あてには、いま先すすったタマゴがべっとりとついていた。おばさんは、私のきんぱをちょっと引っぱった（きんぱ＝そのころの男児の坊子頭の左右か片方だけ、唐児《からこ》人形のように髪を少しだけ伸ばしていた）。

モリしゃんの家には、私の家には無いいろいろな珍しいものがあった。本当かどうか判らないが、西南戦争のときに菊太郎爺が持って行ったという錆びた鎗や刀。家族一人一人のための箱膳。駒馬のチンチンの先っぽのような真黒いかねだごや甘い蜜がとれる蜜蜂の巣箱などなど（モリしゃんの家の下隣には馬がいて春になると決って種駒が鼻を鳴らしてやって来た。かねだごは葛の根の澱粉で作るだんごのこと）。

モリしゃんはそうした珍しいものをこっそり見せてくれたり、くすねて食わしてくれたりした。

裏の杉山が伐採され、真っ直ぐな杉が二、三本残されていた。松蝉が鳴き、野苺が熟れるころ、残された杉の高い枝に、カラスが巣を作った。二人で苺とりに行く。苺がざる一ぱいになるとモリしゃんは、ときどき声をたてるカラスの巣を見上げ「あれをとるぞ」という。

木登りの上手なモリしゃんは、一抱えもある杉の幹にとりつくとどんどん登ってゆく。急に鳴き声が増したと思うと、幾羽ものカラスがぐるぐると巣の廻りを回りはじめた。巣に辿りついたモリしゃんは、既に羽の揃った雛鳥を一羽把み出し「拾えっ」と私を見おろして投げ出した。そうすると羽を拡げた雛は遠くへと滑空しながら落ちていった。慌てた私は、苺のとげの中を逼《は》うようにして走った。と、モリしゃんの悲鳴が聞え、杉の幹にしがみついたまま滑り落ちるところが見えた。必死の親鳥たちの抵抗に遭い、墜落するように地面に尻もちをついたままモリしゃんは頭を抱え込み「痛《い》てえ、痛てえー」と呻《うめ》いている。ようやく側に行ってみると頭を突つかれたらしく幾箇所からか血が流れている。するとモリしゃんは私の方へ両足を拡げ「しりが痛てー、ここを吹けえ、吹けー」という。

私もそうであったが、素袷《すあわ》せの下はすっぽんぽんで、キンタマと尻の間は、杉の木肌にこすられて、血脂《あぶら》がにじみ真っ赤になっている。四つん匍《ば》いになった私は顔を股ぐらへくっつけ「ふう……ふう」と懸命に息を吹きかけ続けた。

悪がきで名をなしたモリしゃんは、それでも高等小学校を出ると、北九州の八幡製鉄の工員となり、徴兵検査は甲種合格。部隊は満州のハイラルで、敗戦後はシベリアへ三年。何とか帰国はしたが、その年のうちに亡くなっていた。

その翌年、私もシベリアから還った。父は私に「お前の食う飯ぐらいはある。でも一ぺんに食わずに、控え控えして食べよ」と言った。

哀れにもモリしゃんは、シベリアでの飢えから解放され、夢にまで見た故郷の家の溢れる食物の中で死んで行った。

熊本県農業公園の一隅に立つシベリア殉難碑。その死者たちの名の末尾に、モリしゃんこと宮崎盛清の文字が、ひっそりと刻まれてある。

チューリップ

古里の家から谷底の温泉地への急斜面には、三日月のような狭い棚田が重なっていた。水のない上の方は畠地になっていて日当りもよく、春になるとその土手には何処よりも早くよもぎが銀灰色の葉を一ぱいに拡げた。

山里の春は遅く、月おくれの雛《ひな》祭りのために、子供たちはそれぞれに籠やざるを持ってよもぎ摘みに精出した。でも男の子たちはそれに飽くと、水苔が緑を増した溜池のいもりを捕まえたり、谷川の沢蟹探しの方に夢中になった。

村に、小さな農業のかたわら下駄を作っていた伝《でん》さんという優しい人がいて、みんなは下駄挽《ひ》き伝さんと呼んでいた。

細長く湾曲した畠の一枚は伝さんのもので、丁寧に耕され、土はふっくらと盛り上っていて、野菜もよく育っていた。その畠に、小さな木の鉢箱が十ケ程並べて埋めてあった。そこには見たことのない銀緑の葉が伸び出していた。

幾日かが経ち、想い出して行ってみると、全く知らない不思議な黄色い花が咲いていた。

魅入られたように屈み込んで見ているうちに私は軟い畠土から、その木鉢を両手で掘り出していた。そして高鳴る胸に抱き、日暮れの中を家に持ち帰った。

一夜が明け、納屋の隅に隠し置かれたその花が元気なことを確めて学校へ走った。落つかぬまま学校から帰ると納屋を覗き、裏の水場から柄杓《ひしゃく》に水を汲み、そっと水をやるとまたそこへ屈み込んだ。

ふと気配を感じて後ろを見ると、そこに母がいた。

「どこから……」。かすれた声と同時に母は、二度、三度と激しく、私の背中を叩いた。

夕暮れの中を、鉢を抱えた私の手をつかみ伝さんの畠へ行くと、母は拝むようにしてその鉢を土へ埋めて戻した。母は泣いていた。

私は、小学二年生になっていた。花がチューリップであることを知ったのは、それからまた暫く経ってからであった。

母の日に

母の顔を思い出そうとしても、はっきりと今は浮かばない。あの髪形は何と呼ぶのだろうか。ドーナツのような輪を入れて高く結った髪、白い足袋、小柄できちんとした後ろ姿。記憶の中にそれだけは鮮明である。めったに外へ出ることもなかった母の、身を拵《こしら》えた姿が珍しくて憶えていたものであろうか。母は私たちに一葉の写真も残してはいない。

私たちは八人の姉弟であるが、生まれて間もなく死なせた子を加えると、十六歳で父へ嫁ぎ、四十五歳で死ぬまでの三十年の間に、なんと十二人の子を産んだことになる。

口数は少なく、もの静かな人であった。姉二人の下は男子ばかり。わんぱくが過ぎれば叱《しか》ることもあったが、叱る相手の名前が思い浮かばず、次々と子たちの名を言っては終わりには笑い出すことが多かった。

山地の田畑ではやりくりも大変だったのだろう。下の姉は小学校を出ると、中津の紡績女工となって行った。

母たちは、畑仕事のほかに、僅かばかりの酒や醤油を土間に置いて、村人へ売ったり、また冬には畑から穫れた蒟蒻玉《こんにゃく》を唐臼《からうす》で搗《つ》き、近くの温泉地へ売ったりしていた。父が唐臼を踏み、母がこねたり、手際よく型《かた》に盛り灰汁の中に四角な蒟蒻を落としたりした。私たちもナワにつかまって父と一緒になって踏み、加勢にもならぬ加勢をした。父はこんなとき千までの数や、長い「戦友」の歌を教えてくれ、母は「山姥」の咄《はなし》など聞かせてくれた。

母の晩年は病むことが多かった。医者にも診せてはいたが、お大師さんを信仰し、祈禱《きとう》を頼んだり、旅の僧に木で下手な仏像を彫らせてそれを祠《まつ》ったりした。

何の薬か、よほど飲みづらかったらしく、小さな篠竹《しのだけ》の先を削《そ》ぎ、薬を乗せて私たちに口の奥へ吹き込ませることがあった。幼い私たちは、母が開けて待つ口元まで篠竹をくわえていくと、急におかしさがこみあげてきて笑ってしまい、母を嘆かせた。

あるとき私は、閉めた雨戸の節穴から、外で遊んでいる弟たちの姿が障子に映るのを見た。私たちはかわるがわる外へ出ては、手を振り、足をあげてでたらめな踊りを踊った。それは幾つもの節穴から逆さに同時に映し出され美しくおどけていて、病む母は喜んでそれを見た。

母は私が小学校五年生のときに死んだ。そのころではもう医者にかかりきりで、医院に近い温泉宿で療養していて家にはいなかった。高等科一年の兄と私は、毎朝のように、間引き菜などを持って温泉へ回り、それを売り、母の顔を見て学校へ行った。

夏の朝、激しい長兄の呼び声に起こされて母の死を知らされた。そして温泉のある深い谷あいから、村人の肩に担がれて峠の私たちの家に帰ってくる、白い小さな母の姿を、夢の中の出来事のように私は見た。

「母の日」といっても私には遠く透明なことで、〝母の花〟も何か露草のようなものを思う。

遠く地上に

母を亡くしてから、半世紀以上になる。写真の一葉も残さなかった母の面影は遠い。
その母への憶《おも》いを確かなものとして意識できるのは、鍬や鎌など農具を見るときである。あるとき、熊本市の博物館で山野草展を見たあと館内を一巡したが、一隅に山村の古い時代の生活用具が陳列されていた。鋤やまがやぶりこ、大小の鍬。それらは、手にすればすべて私の身体の一部分となって息を吹きかえすように思えるものばかり。そこからは漂う土の香りと大地の広がりさえ見えてくる。

母は、当時の普通の親たちと同じように、農作業のなかで子供たちに様々なことを教えたと思うが、鎌の扱い方も母から教わった。秋の草山で、見よう見まねで鎌を振り回していた幼い日、鎌の握り方、腰の落としようなど、実演を交えながら手をとって教えてくれた母。そして家族で囲む夕膳の折、その日の私の〝働き〟をうれしそうに話してくれたことも思い出す。

私は、郷里で仕入れた一丁の大きな草刈り鎌を持っている。時折、それを研ぎ、頼まれもしないのに家に接した一角の草を刈る。たちまち息切れがして運動不足の身にはこたえるが、言葉に言えない充足があって愉《たの》しい。

いま、私の住むあたりは西瓜の最盛期。台地を覆うビニールハウスの景観も、やがて水田にもどり田植えの準備が始まる。すべて機械化されたなかで稀にではあるが、鍬で大地を耕し、鎌で草を刈る人の姿を見ることができる。遠い母の姿を重ねながら、私はそれを見る。

野性

テレビで、馬の帰巣本能を試しているのを見た。トラックに乗せられ、かなりの距離の地点に運ばれた馬が、そこで放されると、迷いながらもやがて自分の厩舎へ無事につく。それには何かほっとするものがあった。

鳥も魚も犬も、そして科学万能の時代の人間にもその本能はある。そうした生きものの持つ神秘的な能力に改めて気付き、驚く。

ごく幼いころ、父と牛を連ねて原野の中を麻生釣《あそうづる》という小さな県境の集落まで荷を運んだことがあった。そこで、四頭の牛の背から荷を降すと、父は町へ用事があるといって、私に五厘玉といっていた大きなニッケイ玉を買ってくれ、牛の背に私を乗せ、途中で眠るかも知れぬといってまたいだ足を荷綱で鞍にくくりつけて、「牛が連れて帰るけん一人で帰れんことはなかろう……」と、小さな荷を負い、町への道を歩き出した。その父のうしろ姿がいまだに灼きついているのは、余程そのとき心細かったのだろう。

牛は、ゆったりと糸のような野道を歩く。途中、宇土谷という寂しい二軒だけの集落を過ぎるころには、いつの間にか眠ってしまっていた。私が目を醒ましたのは、ほのかな外灯のともった我家の牛小屋の前で、兄たちに抱き降されるときであった。そして母は「牛は利口もんぢゃき（だから）ね、むぞがらにゃ（可愛がらなければ）……」といった。

二十数年前、パリで過ごしたころ、まだ元気だった海老原喜之助先生と、車で街を走ったことがあった。あるところで、ちらっと最初に宿泊したホテルが見え、そのことを先生に告げると、先生は「こいつはソヴァジュ（Sauvage）だから……」とぶつぶつ言った。私にはその意味が解らず、部屋に帰って辞書を見てそれが野蛮または野性というようなことであると知った。私が全く外国語を喋らずヨーロッパ各地を一人で歩き廻るのを、先生は不思議な奴だといっていたが、只々先人の遺産が見たいばかりに、全神経を集中して訪ね歩く私が、野性の動物のように先生には見えたのだろう。

先日、私は郷里の小国《おぐに》町で、町主催の個人展覧会を開き、多くの人に観て貰った。その中で、私の絵にしばしば現れる鳥（といっても羽の断片が多いが）について幾度か質問を受けた。私は、鳥に象徴される帰巣本能と、戦争の不条理の中に閉《とざ》された人間の切ないまでの「帰心」を、まどろっこしい思いで説明しなければならなかった。

束《つか》の間のテレビの場面であったが、それを見たあと、私には実に様々な思いが残った。

日傘

梅雨の晴れ間、仕事場の窓の下の道を、日傘の女性が通る。傘にかくれてその顔は見えないが、肩からの露わな腕と、つっかけを履いた形のよい脚が、陽を浴びて、眩しい。

和洋を問わず、傘は女性を美しく見せてくれる。雨の日の傘も情緒があるが、燦光の中の日傘には、心をそそられる。

私は、日傘の女性を描いた巨匠の作品を幾つか思い出す。印象派のモネやスーラー。日本では萬《よろず》鉄五郎、そして恩師海老原喜之助。

海老原先生は、一九三〇年代にいずれも小品ではあるが〈市場〉〈日傘〉〈西瓜売り〉など実に瀟洒で清涼感に満ちた作品を残している。とくに〈市場〉や〈西瓜売り〉は傑作である。

〈市場〉は、巷にあふれる庶民の日常を、光と影の日傘の群れで、温かく造形している。〈西瓜売り〉はこれも市場の情景の一つだろうが、大きな青い日傘の中のシルエットの人物が、そこだけに光が射す緑の西瓜に、いままさに包丁を入れている場面である。それを見つめる白い日傘の女性。ぱりーんと音の聞こえるその色と形。海老原喜之助という画家のすべてがその小品に凝縮され、珠玉の作品となっている。

私には、二人の姉がいた。年齢は二人共大きく離れていて、下の姉も十歳以上の隔たりがあった。昭和の初め、その姉は小学校を出ると大分県の中津にあった紡績会社へ女工として働きに行った。そこで幾年働いたのだろうか。そのころの女工姿の幼い姉の写真を見せられたことがあった。

夏、盆になると姉は帰って来た。

私の生まれた家は、小さな峠にあって、東に湧蓋山《わいたさん》がみえ、西には津江の山脈を見渡すことが出来た。そこには筑後川の上流が深い峡谷をつくり、温泉が湧いている。

姉は、その温泉からの急な坂道を登って帰って来るのだが、幼かった私たちは、庭先の孟宗竹の間から見えるその坂道に現れる姉の姿を待った。

姉は日傘をさしていた。私や兄は坂を駆けくだり、遠くから帰って来た姉の、日傘の中の上気した顔を見るのが嬉しくてならなかった。

姉のみやげは、バナナであった。仏前に供えられた一束のバナナは、遠い国の香りがしたし、その色は、家中を明るくした。

姉たちは共に優しかったが、その姉は、小柄で色白であった。幼いときに私たちは母を亡くしたが、その姉は母によく似ているとひとはいった。ゆっくりとした優しい話しぶりに、遥かな母をだぶらせることが、私にはあった。その姉も、いまは亡い。

私は、絵を描き始めたころ、ある傘の専門店から、白無地の木綿の日傘に、絵付けをする仕事を頼まれたことがある。その絵柄は自由にということであった。それを一本描いて幾らになったのか、どのくらい描いたのかも忘れてしまったが、結構楽しみながら描かせて貰ったようである。

しかし、その店が間もなく火災に遭い、私の描いた日傘をさした女性に出会うことは、ついになかった。

小国と私

小国《おぐに》町は、阿蘇外輪山の北にあり、東に湧蓋山と九重山塊、北に吉武山や万年山《はねやま》、西に津江の山々と四方を山に囲まれた盆地で、南小国とともに、三方を大分県境に接する形で小国郷となっている。

熊本平地から阿蘇外輪山を越えると豊かな杉の美林の続く高爽な村々が現われて、生れ故郷への高鳴りをいつも私は感じる。

昭和十七年三月、十五歳で私は初めて小国を出た。外輪山の峠から見た阿蘇谷の広大さへの驚き、父はそのとき「ここは小日本《こにっぽん》ちいうぞ」と言ったが、山里から世界への窓を少年の内に開いた一瞬でもあった。

それから七年余、満州大陸、軍隊、シベリア俘虜と何とも濃密な歳月を経て、また外輪山を越え、山里へ帰りついた。昭和二十四年初秋のことであった。

絵を描くこと、それは少年のころからの夢ではあったが、まさにそれは夢であって現実からは遥かであった。

昭和二十八年一月、意を決して私は熊本へ出た。農作業、炭焼き、土工と私なりの野性を身にまとい、もう阿蘇谷の広さに驚くこともなかった。

しかし定職はなく、肖像画などで糊口をしのぎながら絵画への道を探した。そして恩師海老原喜之助に出合った。昭和三十二年、三十歳になっていた。

海老原喜之助は日本現代画壇の奇才といわれた人だが、その指導は厳しく、暖かく、人間的であった。その出合いがなかったら、現在どんなことになっているか、想像出来ない。

昭和四十二年秋、私はヨーロッパへ渡った。ドラム缶を通して描いた人間風景が評価され、それを機に小国町で展覧会を開いた。肖像画のときもそうであったが、郷里の人は温かく、そのときは町を挙げて援けていただき、それで滞欧一年の資を得ることが出来た。そのことは生涯忘れてはならない。

絵を描く俘虜

兵隊色の絵

昭和の時代が終わった。昭和二年に生まれた私にとり、昭和の時代は、私の時代そのものである。

これは私が小学一年生になって初めて習った文字である。そして、

サイタ　サイタ　サクラガ　サイタ

ススメ　ススメ　ヘイタイ　ススメ

と続く。そこには色摺りで、鉄砲を担いだおもちゃの兵隊が行進していた。

絵を描くことが好きで、何にでも描かずにはおれなかったそのころ、兄の画帳の格好の余白に、クレヨンでその兵隊を描いてしまった。怒った兄は、それを雨の中へ投げ出し、私は、殴られた。雨に濡れ、泪でぼやけた兵隊の絵が、いまでも目に浮かぶ。

昭和十二年、日中戦争が始まった。四年生になっていた。先生は男の先生。将来は何になりたいかと訊かれた。ほとんどの男の子が、兵隊になりたいという。私も、先ず兵隊になるといい、そして小さく絵かきにも……といった。そのころ高等科も含めた校内写生大会で金賞になったり

したのが、そういう言葉となって出たのだろう。

学校の講堂を兼ねた雨天体操場には、三笠艦上の東郷元帥の大きな画像が掲げられてあった。理科室には郷土の偉人北里柴三郎博士の像も掲げてあったが、なんといっても子供心には東郷元帥であった。

村からは、次々と男たちが兵隊となって出征し、入営していった。やがて東郷元帥の絵に並んで、戦死者の肖像画が掲げられるようになった。

高等科一年のとき、学校からの帰りに、悪童に混って谷底へ石を転がしていて、指を大石につぶされてしまった。少年航空兵の夢も、それで消えた。

満蒙開拓青少年義勇軍というのがあった。太平洋戦争となり、満州は日本の生命線といわれ、クラスを代表する気で、義勇軍に参加した。渡満の途上の皇居前の行進、そして伊勢神宮、それは、幼い心に帝国日本を刻印するためだったのだろう。北満の曠野の鳥居は、思えば陣取り合戦の目印でもあった。

そして昭和二十年、敗色の軍隊へ志願、三ヶ月も経たずして敗戦。四年のシベリア。幸いにも生きて、いまは絵を描いている。

絵を描くことを美術ともいう。美しい花や鳥や風、それのみを描いていても私に染みついた兵隊色はぬぐえない。先の大喪の礼の幕のように、そして忽然と消えた鳥居のように、昭和の終わりで消ゆるものではない。私の少年のときのもう一つの夢、絵を描くということは、染みついた兵隊色を生涯をかけてぬぐいとる作業かも知れない。

旅

「父と子の一九四二年」という作品を描いた。

昭和十七年六月、満州へ渡るとき、下関で父と会った折に街の写真館で撮った写真を元にした作品である。

茶色に変色して、虫喰いのように縁はなっているが、満州・シベリアと七年の間、肌身につけて持ち歩いた唯一の写真である。

シベリアの俘虜生活中は、幾度かソ連側から没収されかけたが、なんとか隠しおえた一葉である。

父が五十二歳、私が十五歳であった。

その年の三月、高等小学校（当時は国民学校といっていた）の卒業式を待たずに、茨城県内原《うちはら》にあった満蒙開拓青少年義勇軍訓練所に入り、そこでの三ヶ月の訓練を終え、渡満の途上、下関で束《つか》の間の面会が赦《ゆる》された折のものだった。

母を亡くしていた私へ、父は、祖母の心尽くしのおはぎやゆで玉子などを、しきりにすすめてくれた。

しかし私の食はすすまず、ただ父といるだけでよかった。

父は、私を街へ誘った。そして、そのころまだ私の知らなかったあんみつを「喰《た》べてみるか」とか、「映画はどうか」とか言ってくれたが、みんな私は断り、ただ一緒に歩いていれば、それでよかった。

とある店の窓に、尺八が陳列されていた。高価な尺八などほしいなどと思いもしなかったが、父は黙ってそれを買い求め、私へくれた。

私が小学校上級のころ、家々を門付けして歩く虚無僧《こむそう》がいた。その尺八の音色に魅かれ、その後をついて廻ったりしたが、とうとう祖父が大切にしていた根節のついた杖で、私なりの尺八らしきものを作ってしまった。

祖父はひどく怒ったが、父はそれを口にあて、音が出ると判ると、喜んだ。

その後、私が格好の竹を探しては尺八を作っていたことを父は憶い出したのだろう。

私たちは、八人の兄弟で、生活は決して楽ではなかった筈だが、反対を押し切って、遙かな大陸へ渡ろうとしている私を、心底から哀れに思ったに違いない。船の上から、見送る群衆の中の父と眼が会うと、父はくるりと背を向けて姿を消した。

私がその写真を見るとき、必ずだぶって見えるのは、あのときの群衆の中に消えてゆく父の後ろ姿である。

この稿を書いている一九九一年は、満州事変から六十年、太平洋戦争が始まって五十年の節目になる。

真珠湾・南京虐殺・原爆と多くが語られ、その真実が少しずつ明らかになってゆく。

写真の私の目は一途であるが、一体何程のことを識り、想っていたのだろう。沈黙の中の父の深い哀しみは、大人のものであり、単に惜別の情だけではなかったろう。

一九四二年という年は、私の初めての旅立ちの年であった。

満州の曠野での三年、そしてシベリアでの四年、私は実に多くのことを識り、学ぶことが出来た。虚像でしかなかった満州国。そこでの日本人の驕《おご》り。そして敗戦と虜囚の悲哀。

多くの不条理な死。

一九四九年初秋、私は生きて故郷の土を踏むことが出来た。村はずれで人々と共に待っていた父は、黙って私の手をとり、家へと歩いた。父の目には泪があった。

二年の後、父は死んだ。私は絵を志し、再び故郷を離れ、いまになっても私の旅は続いている。

初雪

「おーいアキオィ出て見ろ、雪だ雪だよー、ユキは白くてつめたいよー」

昭和十七年、満州北部は十月というのに早くも雪が舞い出した。開拓義勇軍の私たちの隊には、鹿児島の奄美群島からの二十数名の隊員がいた。南の島の彼らは、雪も氷も知らず、初めての雪に驚喜して、降る雪の中を踊るように舞うようにして、声をあげた。

西又守、朝秋應、堯《たかし》万四郎、渡貞純、島袋定信らの姿が、あれから半世紀も経とうとしているいまも、初雪のころともなると浮んでくる。

小さくてすばしこかったが、いつも目は笑っていたマタモリ。のっぽで飄逸だったアキオ、小さく色白で、大きな目のまつ毛が長く、なによりも喇叭《らっぱ》の名手であったマンシロウ。毛深く腕力の強かったサダズミ、そして浅黒く潮やけして精悍なテイシン。みんなはっきりとした個性を持ち、疑うことを知らない無垢の童心が輝いていた。

北満の初めての冬は、寒く長かった。曠野で歩哨に立つ少年の姿は、遠目には雪の中の黒い点でしかなかった。マタモリのような小さな隊員は、当時の陸軍の三八《さんぱち》式歩兵銃よりも短いチェコ銃でも、銃口が顔の口元の高さにもなり、一時間の立哨の時間が長く、退屈のあまりに銃口に唇をつけたり、舌でなめたりすれば、忽ち凍った銃身にくっついて皮膜が剥がれ、血を流すこともあった。

喇叭手のマンシロウも、喇叭の吹き口をストーブで温めては外套の下で冷やさないようにして、起床や、消燈の喇叭を吹いた。彼の吹く喇叭の音は、細く澄み、心に沁みた。特に、遠く長く凍原に消えて行くその音色を、綿の少ないカーキー色の布団にくるまりちぢこまって聞くとき、ひときわ望郷の想いが胸を咬み、ふだんの悪童たちもみんなしんと静まった。

いま、ぬくぬくとした夜具に寝ていて、ふと当時やシベリアを想うことがある。何かとてつもない贅沢をしているのではないかと。

アキオは、先年奄美からひょっこりと現れた。しかし、マタモリもマンシロウもサダスミもテイシンも、音信はない。生きているのか。去年の暮れに埼玉に住むというその仲間の一人師玉忠男から唐突に品物が届いた。電話の向うの声は、半世紀前のまま、その強い訛りもそのままの東京言葉であった。

シベリアで啄木を知る

憶《おも》うだにおぞましい最初の冬のある夜、荒板造りの寝棚《コイカ》で、隣りに枕を並べた古兵が、聴き馴れぬ唄を呟くように唄っている。

〈ハタラケド・・ハタラケド・・ナホワガクラシ　ラクニナラザリ・・ジットテヲミル〉

昼間の労働の疲れに、身を横たえてはいるものの、しのび寄る寒気と、あまりにも乏しい食糧のために、眼は冴えて眠れず、だれからともなく語り出す、きりたんぽや納豆餅などで、果てしないうわ言のような料理談義に、生唾を飲みながら、じっと耐えているときであった。

「宮崎よ、この歌を知っているか……」

秋田出身のその上等兵は、更に、〈東海の小島の磯の白砂に　われ泣きぬれて　蟹とたはむる〉と低く呟き、その作者が石川啄木であることを教えてくれた。

当時私は十八歳になったばかり。その古兵は三十歳近くの落ち着いた優しい兵隊で、その後も啄木のことをはじめ、様々なことを何も識らない私に、飢えと寒さの中で教えてくれた。

〈砂山の砂に腹這い　初恋の　いたみを遠くおもい出づる日〉

〈たわむれに母を背負ひて　そのあまり軽きに泣きて　三歩あゆまず〉

などなど、深くは解らないままに心に沁みるものがあって諳《そら》んじるようになった。

四年の捕虜生活から解放されて帰国後、啄木の『一握の砂・悲しき玩具』、さらには倉田百三や梶井基次郎などの文庫本を街で探したのは、その時の古兵に聴き、教わったことを覚えていたからであった。

先年、ある絵が見たくて小樽へ旅したが、丘に建つ啄木の歌碑には

〈かなしきは小樽の町よ　歌うことなき人人の　声の荒さよ〉

と刻まれてあった。

夏の回想

その朝、霧があった。

同じ志願兵のNと二人で、道路をはさんで、黙々と、それぞれの穴を掘った。体をくぐめてすっぽりと入れるほどの穴。それを、タコ壷といった。罠《わな》とも知らずに、身をかくす、哀れなタコ……。だれが言い出したのか、対戦車肉迫攻撃のための穴を、そう呼んだ。

霧がはれるころ、規定どおりに出来上がった自分の墓穴を、私たちは、こもごもに眺め合った。やがて、Nはどこからか水飴《みずあめ》の樽《たる》をくすねて来た。栓穴に棒切れをさしこみ、くっついてきた水飴を、くるくると巻きつけ、にぎりこぶしほどにして、それをなめた。酒もタバコも知らない私たちが思いついた、最後の〝晩餐《ばんさん》〟であった。

ハルピンを死守すべし……。国境を越えたソ連軍は、刻々と満州中央平原に迫っているという。美しいハルピンの石だたみの道は掘り返されて壕《ごう》となり、街路樹は倒されて、鹿砦《ろくさい》となった。兵も、住民も、降り続いた雨の中で、右往左往した。流言が飛び、若い上官に怒鳴られどおしの、私たちの老隊長は、ただオロオロと歩き回った。七月に召集されて来た老新兵は、まだ銃の撃ち方さえ知らず、ある朝、馬とともに居なくなったりしたし、走っても、射撃をしてもすばらしい能力を示した朝鮮出身の兵たちも、いつの間にか次々と姿をかくした。そんな中で、伝令に走った部隊本部では、昼間から酒気をおびた部隊長が、兵にうちわで、裸の上半身をあおがせているさまも見た。

終末の予感が、対戦車特攻の志願へと私たちをかりたてた。

穴の中へ身をくぐめ、爆薬のつまった木製の小箱をひざに乗せて、胸のボタンと信管を細い麻ひもで結ぶ……。いつ現れるとも知れぬ戦車を、そうして待った。その日はよく晴れあがり、空が青かった。ふと、子供のころの干し草刈りの乾草の匂いや、秋グミの甘酸っぱい味が思い出されたことを、いまでも忘れない。

そしてその日、一九四五年八月十五日、戦争は、負けて終わった。

それは、みじめで、かっこ悪く、寒くてひもじい、ながいシベリアへの始まりの日であり、現在の私への再生の日でもあった。

敗残の雨

終戦の夏。将校を除いて武装を解かれた私たちは、降りしきる雨の中を長い列をつくって、ハルピンから南に向かって歩いていた。

〝内地に帰れる〟。黒河《こくが》近くから嫩江《ノンジャン》まで歩いたときには、すっかり参って何もかも他人に持たせた老兵たちが、今は人の倍も背負い込んで落伍もせずに歩く。

確実に死ぬつもりで、爆薬をかかえて、ソ連の戦車を待っていた私は、タコ壺という墓穴から引き出されてすっかりやる気をなくしていた。

両かかとに大きな靴傷をつくり、毛布を捨て、外套を捨てして最後には、一本のようかんと幾袋かの乾パン、それにこれだけはとひそかに持っていた一コの手榴弾の入った雑嚢《ざつのう》一つになっていた。

ぬかるみに足が痛み、次第に隊列を離れ、あとから来る他の列の中に混じって歩いた。

私の前を予備役らしい老将校が、太った身体をもて余しながら歩いている。

それでも軍刀と小さな拳銃は持っていた。ふとその将校は拳銃に手をやる。手にブラブラさせながらカチッと引きがねを落とす。弾は入っていなかった。

何回か音をさせながら考えているふうであったが、ポイと道ばたに捨てた。拳銃は鈍く雨に光って草むらに消えた。私も思いついて手榴弾を取り出し、信管をつけたまま捨てた。将校はそれを見てうなずいて見せた。

そのとき私は戦争の終わったことを実感として思った。十七歳の夏であった。

馬の門

草原は私にとって郷愁そのものであり、とき折り不意に阿蘇の原野を歩きたくなったりする。原野をよぎる轍《わだち》。それを見るとき、青春をすごした北満州のゆるやかな起伏で拡がる大平原へと、私の想いは忽ちにして連なる。

現地馬に輓かせる大車《ダーチャ》やトラックということもあったが、とにかく、果てしない道を歩いた。植民地への日本人移民といっても、その中の最下層の開拓訓練生であったし、のちに志願して入った軍隊でも最下級の兵隊ということであれば、当然大多数の中の一人として、歩くことであった。それは、希望に燃えた訓練所への道でもあったし、不安な敗色の中の部隊大移動の行軍や、敗残の俘虜の列の中ででもあった。

そして、歩いたのは、当時日本内地から徴用されて海を渡った、多くの馬たちもまた同じであった。

阿蘇の原野は、周辺農家の牧野であり、その家畜の飼料となる採草の場でもある。

昭和のはじめ、その草原に、牧場の境壁を兼ねた土塁が築かれた。幼いころの記憶に残る村人のその作業は、大変な時間と労力の結果として延々と長城のような土塁を残してくれていた。それもいまでは役を失い、稜線に切れぎれに残って、一つの景観をつくっている。

その土塁の出入り口には、丸太を割って作った柵戸があって、それを「馬門《まかど》」といっていた。つまり、牛馬の出入口としての門である。

すでに、私にとって追憶の中にしかないその門を想うとき、兵士たちが、杉の枝葉で飾られた門を出て戦場へ出発したように、あの馬たちもまた馬の門を出て、はるばると海を渡り、再び還ることはなかったに違いない。

一九四五年夏、敗残の列の中にいて、横道河子《おうどうかし》というところを歩いたとき、死臭酸鼻な彼我の死者に混り、一頭の馬が、胴に日の丸をかけられて、まだ死ぬことができずに首をあげては立ちあがろうとしていた姿を、いまでも忘れずにいる。

ことしになって、「馬の門」という作品を水彩画で描いた。阿蘇の原野をよぎる轍《わだち》のある風景を描くうちに、想いが膨れ、いまは草原から消えてしまった木柵や棒杭を描き入れて、一点の風景画に仕上げた。それは変哲もない草原の風景であるが、ことしになって開いた個展会場の中心、正面に私はその「馬の門」を飾った。

クレソン

クレソン（cresson）は＝植物で、こしょう草〔洋食にそえるせりに似た野菜〕＝と辞書にはあるが、川がらしともいうようである。

私が好んで食べることを、私の住む町で読書サークルなどをやっているFさんが知っていて、近所へ来たついでにと、春を告げるように今年も摘んだばかりのクレソンを持って訪ねてくれた。Fさんの家を私は知らないが、家の近くの泉にでもあるのだろう。いつもそれを頂戴すると我が家のささやかな食卓が、その彩りで冴えてくる。

もう随分以前のことになるが、憧れのフランス、パリに着いて二日目のことだったと憶う。歩き疲れて、凱旋門の近くの小さなレストランに入った。もう夕方六時ごろというのに店はがらんとしていて、太った給仕のおばさんが一人、所在なげにいた。だが、メニューを出すでもなく何やら怪訝そうに私を見ている。それで、ウィンドウのとりの腿を指さして「あれを」といったつもりだったが、おばさんは手を顔の前で小さく振って、しきりに時計の方を見る。いろいろと手まねを交えての果てに、七時にならないと店が始まらないということを私は納得した。

仕方なく、つくねんとしていたら、見かねたのかおばさんはやがてボール一ぱいの見慣れぬ野菜を運んで来た。そして調味料をかけ、ナイフとフォークで手ぎわよく混ぜ合わせて「どうぞ……」とばかり片目をつぶって見せた。甘酸っぱいサラダの中のぴりっとした野菜の辛み。私にははっと思いあたるものがあった。

一九四六年春、私は、シベリアの河と森に囲まれた日本軍捕虜収容所にいた。五月の末か六月の始めであったろう。初めて経験した恐ろしいシベリアの冬が漸く終わり、陽光に雪が消え氷は解けて、白樺や唐松や部厚い苔が、一ぱいの水気を孕み、芽吹きを待っていた。そんな中で、私たちは飢えていた。

自然の美しさより、白樺の幹に傷をつけ、溢れるその汁を飯盒に溜めて煮つめ、そのうす甘く青臭い汁を飲んだ。久しく青い野菜など見ることさえなく、僅かなパンの欠《か》けらや塩スープの匙加減にも目を光らし、それをめぐっての醜い争いが、生きるために繰り返されていた。それは、暗夜を這い廻る餓鬼の姿そのものであった。

そのころから、私たちは鉄道建設のための森林伐採に駆り立てられていた。春になったら日本へ帰れるという淡い希望に支えられて、衰弱しきった肉体で、ソ連囚人の作業監督や監視兵に口汚くののしられながら、緩慢に動き廻っていた。

あるとき、便意をもよおして監督の許可を得て、窪みの灌木の茂みへ這入《はい》った。窪みには僅かに残雪があったが、思いがけずそこにはみずみずしい緑があり、小さな泉があるらしかった。用もそこそこに、その水草を噛んでみるとかすかな辛みがあった。ほとんど本能的に両手でむしり、口へ押し込み続けた。

私は、そのことを誰にも知られたくなかった。しかし、その森での作業は私たちの班へは廻って来なくなり、緑の幻影がいつまでも私を苦しめた。

それから三度の冬を越し、収容所も幾つかを移ったが、一度だけ樹々が黄葉するころ、他の俘虜たちと森へ茸《きのこ》を探しに行った折、谷のせせらぎでその水草を見かけ、彼等へも勧めてみたが、茸ほどの興味は示さなかった。満ち足りてはいなかったが、飢えは去っていた。

着いたばかりのパリで、その水草のサラダにめぐり逢いその名もクレソンであることを私は知った。

少年のころ、学校帰りに遊んだ阿蘇の深い谷底の滝の近くに、こんこんと湧く泉があり、鮒や鮠《はや》が群をつくっていたが、その水辺一面の水草は、いまになって想えばクレソンに違いない。一度行って確かめたいものだ。

夏の花

すかしゆりの花が、ことしも咲いた。

鮮やかな朱の色は、我家の初夏を彩る大切な点景である。

「夏の花」。そういう題名で、すかしゆりの花を元に、作品を続けて描いたことがあった。

もう四半世紀にもなる以前のことだが、そういう作品を描く前に、一年程ヨーロッパに滞在したことがあった。宝の山ともいえるその膨大な先人の遺産を訪ね歩くことに、その滞在のほとんどを費やした。その量と質は、私の器から溢れ、帰国後も未消化のまま、茫然とした日々を送ることになってしまった。

そんなある日、店頭で、すかしゆりの花を見た。そのときの鮮烈な朱色には、強く私を揺するものがあった。

赤。あか。紅・緋・朱と、その色はさまざまだが、私の中に棲みついた赤色がある。

一つは、ベルギーの古都ガンのカテドラルにある祭壇画「神秘の仔羊」（ヴァン・エイク作）の中の赤であった。油絵の始祖ともいわれる十五世紀のこの画家の絵は、人間の成し得る極北の感があった。初めてその前に立ったとき、震えを伴う衝撃は、厳冬の足から這い上がる石床からの寒気だけではなかった。気の遠くなるような精緻と比べようのない深い赤。

いま一つ、刻《とき》と共に蘇る赤は、シベリアの野を彩った鬼ゆりの花の色である。

シベリアの夏は、短い。闇を忘れたような白夜の野に、名も知らぬ花が一斉に咲く。そんな中に鬼ゆりの花があった。白樺の清楚とゆりの赤は、虜囚の眼底に消えることはない。

ゆりは、花を見るだけではなかった。それは、八月が過ぎ、慌ただしく白樺が黄葉し、野が枯れ、再び恐怖の冬が訪れようとするころであった。

その日、捕虜たちが一日の作業を終え、慢性的な飢餓感の中で、食事ともいえぬ夕食を済ませていたとき、別の棟にいる友が、私を招《よ》んだ。

その友は、満州開拓義勇軍の出で、熊本出身。私にとっては先輩であった。特有の茶目っ気とすばしこさを持っており、伐採作業なども実に手際がよく、一緒に仕事をすれば、頼りになる男であった。

暗がりの中で彼は言った……。「こめのめしを喰わせてやる」。

まだ温もりの残る飯盒をのぞくと、夢のような白いめしがほっかりとあるではないか。

「喰えよ……」と友はいたずらっぽい笑いを浮かべている。一口食べて、それが遠い故国の味、ゆりの根の匂いと味であることはすぐ判った。

彼は、捕虜の手で敷かれたばかりの鉄道の見廻りをする、特別の仕事にありついているとかで、ラーゲルの外を、看視兵無しで自由に歩くことの出来る身分であった。

満州の野育ちの彼にしてみれば、夏に咲くゆりの花が、野の枯れるころには、よく太った球根となることを知り尽くしていたのだった。

「だれにも言うな……」ということだったが、やがて、凍てつくまでの野は、穴だらけとなり、虜囚たちに、ゆりやききょうの根、それに足の踏み場もないように生える茸《きのこ》などで、僅かながらも、長く苛烈な冬籠りの糧を提供してくれたのであった。

しかし、冬を越えられずに、野に棄てられるようにして葬られた友もあったし、腹下しで作業現場を離れて藪《やぶ》に屈み、脱走とみなされて撃たれ、野に埋められた兵もあった。

無数の朱いゆりに覆われた、白夜の中の墓塚が、私の中で浮かんでは消える。「夏の花」への思いは深い。

永久凍土

シベリアの冬は、長く厳しい。短い夏が過ぎれば、秋から冬は忽ちである。束《つか》の間の秋、樹々は一斉に黄葉し、そして散る。

果てしなく拡がる唐松の林が黄葉したと思うと、その黄金の小針のような葉が、霜解けの光の中を、微かな音をたてながら、降り積む。

焚き火を囲む兵たちは、語る言葉も無く、黙々としたその輪にも、唐松の葉は降る。

俳句をつくり、啄木の歌などを教えてくれた秋田出身の召集兵がいた。

さらさらと唐松葉散り俘虜老いる

私たちは、シベリアで二度目の冬を迎えようとしていた。最初の冬は、恐ろしく悪夢のような冬であった。その冬が去り、春がくればと、誰もが帰国を夢見ていた。

しかし、春が過ぎ、夏が来て、帰国の噂がどこからともなく流されては、消えていった。

噂の元は、大抵こっくりさんの占いからしかった。敗戦前後から、何も信じなくなっていた私は、それがどんな占いであるか近づくこともなかった。兵たちは、僅かに支給されるのこ屑のようなたばこや、いのちの糧としては余りにも小さな黒パンまでも、その占いの代価に差し出していた。家族を満州に残し、敗戦直前に駆り集められた召集兵にしてみれば、藁にもすがる思いの占いであったに違いない。

一九四五（昭和二十）年五月、私たちは、満州北部の国境の部隊へ入隊させられ、七月下旬に部隊は、興安嶺《コウアンレイ》を越え、満州中央部へと移動を開始した。興安嶺といっても、それほど険しい山ではなかったが、重装備での夏の急行軍は、熾烈で、急造の老兵の集団は、忽ち落伍兵続出の有様となった。私たちのような若く体力もある兵たちは、その落伍兵たちを援けねばならず、自分の装備に加え、彼等のものもそれぞれに持った。軽機関銃手の私は、旧式でロクに弾も出ない鉄の塊の機関銃を肩にくい込ませながら、落伍者の分も負って、歯を食いしばりながら歩いた。その横を蹌踉《そうろう》として虚ろな目をした老弱兵が、次々と落伍していった。やたらに張り切る見習い士官の叱咤が空しく響き、百戦の古兵の顔は、見習い士官に対する憤怒で、爆発寸前に見えた。

こんな部隊で戦争をするのだろうか……次第に乱れる隊列の中で、空白の塊《かたまり》が、私の奥底をよぎっていく。

チチハルで開戦、ハルピンでソ連軍の進攻を目前にして敗戦。自暴自棄の態《てい》で爆雷と共に敵戦車を待っていた私は、生きのびることになった。

武装解除、敗残の列。老兵たちは、奇妙に元気をとり戻していた。荷物も他より多く背負い、もはや落伍もせずに歩いた。馬と共に姿を消した開拓団からの召集兵もあった。

すっかりやる気を無くした私は、踵《かかと》に大きなまめをつくり、一つずつものを棄て、最後に残したのは、少量の米と乾パン、それに羊かん一本と手榴弾一個、やがて、それも棄ててしまった。ついには落伍兵となって他の部隊に紛れて歩いた。

雪のちらつくころになって、部隊は、日本軍俘虜としてソ連へと連行されていった。

トウキョウ、ダモイ……その言葉を半信半疑の思いで聞きながら。

俘虜となっても、老兵たちは様々なしたたかさを見せてくれた。まだ余力はあり、郷土料理自慢、演芸会では、思わぬ男たちが、民謡や浪曲で沸かせ、三味線やヴァイオリンまでつくり、演奏までもやってくれた。

しかし、維持された軍隊組織と欠乏する食糧、想像を絶する寒気と労働が、最下級兵士へと加重され、人間喪失から餓鬼地獄へと、誰もが堕《お》ちていったし、生をあせる老兵たちの哀しみは、深かった。

春になり、口に出来るものはすべてさらばえた心身の糧となり、人間をとり戻していった。蘇る気力も体力も、すべてそれは、帰国を前提としてであった。

ナチス・ドイツとの戦いのために、一度撤収されたシベリア鉄道支線の復元工事。架橋や路盤造りの、全く未経験の作業。それに付随する危険な伐採や削岩作業。緩慢ではあっても、日本人は確実に仕事をなしとげていった。

そして、再び冬を迎えようとしていた。丘の草山から、ゆりの根やきのこを探しても、もう監視兵も見て見ぬふりをしていた。

寂光の中を、黄金の細雪のように降る唐松葉。全てを運命の手に預ける他はない虜囚たち。とりわけ老兵のいる光景は、半世紀の刻《とき》を経ても、忘れることはない。

果てしなく続くシベリアの大地。ことしもまた、凍土に閉ざされたいのちたちを想う冬の到来である。

コーアンマグロ

五月、シベリアの河は春の水を湛えて、滔々と流れる。

恐ろしいマロース（冬将軍）が去り、俘虜たちは帰国への淡い希望と、芽吹き前の白樺の汁や陽の温もりで、僅かながらも元気をとり戻しつつあった。

河に架かる唯一の木橋も、凍てつく寒気の中で、俘虜たちが蟻のような働きで造りあげ、その達成感が、敗残の身の萎えしぼんだ誇りを奮い立たせてくれるように思えて、作業のための往き帰りにその橋を渡るのが、一つの愉しみにさえなっていた。

ある日の道路補修からの帰り、橋の下の澱《よど》みに何かを列の中の一人が見つけたらしく、声をあげた。雪解けのツンドラから滲み出す河の水は、淡く紅茶色に澄み、底に沈む白い巨きな物体。それはどうやら魚らしい。

興奮気味のカンボーイ（警備兵）は手振りで、休日にロシア人たちが川上でダイナマイト漁をやったのが流れついたのだから、まだ大丈夫喰えると言う。

作業班長は、若い乙幹のN軍曹。「誰か水に入って……」と言うが、我こそはと言う者はいない。

悪い予感がしていたが、一番若くてまだ元気もありそうだと言うことで、とうとう私が水に入る羽目になってしまった。

敗けても帝国陸軍はまだ生きている。最下級二等兵であれば致し方無く、エイッとばかり素っ裸になり、岸から両脚を入れる。水は冷たくて、澄んだ水底は意外に深く胸元までもあって息も止まりそうだ。山育ちの私は、犬掻きぐらいはできても泳ぎはにが手。どうしようと思ったが、足でまさぐり何とか物体を抱きあげた。

白い腹を見せていた魚は、七、八十糎《センチ》もある大物で、待ちかまえた兵にそれを渡すと、冷え切った躰で岸に這いあがった。

名も知れぬ異国の魚だが、兵の一人が、「これはコーアンマグロ（興安鮪？）じゃないか」と言う。真偽はともかく、飢餓線上からまだぬけきらぬ俘虜たちにとっては、想ってもみなかった珍味にありつけることになったのだ。

カンボーイは「オーチンハラショウー」と大げさに喜んで見せて、急に真面目な顔になり何故か頭の部分を頒けてくれと言う。あとで班長がどうしたかは知らないが、その場では「ニエト……（駄目だ）」。

収容所の宿舎に帰ると、早速腹わたまでも切り分けて、兵隊お手のものの飯盒炊さん。岩塩で味つけ、川辺に萌え出した野草を加える者もいて、大変な晩餐となった。

ところが、である。夜半になるとみんな腹の調子が狂い出し、もどしたり、腹をおさえて便所へ走る者が続出、ときならぬ騒ぎとなった。不思議なことに、私は何事も無く元気だった。

N班長は幾日も寝込むことになったが、やがて元気をとり戻し「おい宮崎、あれはうまかったネ！　でもあれを食ってから躰中がかゆくてかゆくて……。お蔭でおれはチンポコの先の皮までむけっちまったよう！」と、素っとん狂な声で皆を笑わせていた。

色白で東北の良家の出のようだったが、嫌味の無い若者だった。

二〇〇二年五月、民放テレビの取材に同行、五十七年ぶりに収容所の跡地と、この河を訪ねた。収容所の跡地は、白樺の梢に鳴る風の音ばかり。あの橋も焼け落ちてしまい、河の流れだけが、昔のままに淡い紅茶色に澄み、岸辺に分厚い氷の残欠を残し、滔々と流れていた。

異国の丘で——昭和二十二年夏

六月も半ばというのに、雪が降ったりしたシベリアの奥地に、短い夏が、また訪れようとしていた。

草も木も、大急ぎで芽吹き、一帯の分厚い苔は、銀緑色に輝き、その下の蒼氷が少しずつ溶けて、清冽な流れをつくった。俘虜たちは、道路補修や建築用のこけの集積などの作業の合間を盗んでは、食べられそうな草の芽や、水草を探し相変わらずの飢えをしのいでいた。

柵もない小さな収容所の前は、浅い流れを隔てて、丘になっていて、中腹を一条の道がよぎっていたが、俘虜たちが、今度こそは日本へ帰れるとはしゃぎながら、トラックで運ばれて来た道である。道は、更に奥地へと続き、大きな工事場でもあるのか、資材や囚人たちを乗せたトラックが、時折幾台も連ねて行ったり、また帰ったりした。その度に俘虜たちは、作業を忘れ、ぼんやりとそれを眺め、見送るのだった。

あるとき、日本人の女たちがトラックで通るといううわさが流れた。日本女性はともかく、女っ気の全くなかったそこでは、信じ難いことではあったが、俘虜たちはその日を心待ちした。

その日、稜線で道路作業中の男たちから、声があがった。作業具を放り出し、しぶきをあげて川をわたり、ひざまでもある苔の斜面を、一刻も早く道路へと俘虜たちはあえいだ。

一瞬の華やいだかたまりが過ぎて行った。桃色やきみどりや白の、それはチマ・チョゴリの女たちであった。手を振りながら遠ざかり、稜線を消えて行く女たちに、ぼう然と泪さえ浮かべて、男たちは立ちつくした。

引揚船へ乗り込んで来て、かいがいしく働く赤十字のマークをつけた白衣の日本の乙女たちを、息をのむ思いで俘虜たちが見たのは、それから更に二年後の夏のことであった。

白夜のころ

シベリアでの四年間の俘虜生活の中で、幾人かの記憶に残るソ連人があった。

ニコライもその一人である。

ニコライと出逢ったのは一九四五年敗戦の年の暮れだった。私は、私と枕を並べていた浴場勤務の兵に用があって、収容所の柵外にある浴場へ行ったが、その日は吹雪であった。重いドアを開けて中へ入ると、浴場に勤務するボイラー係りや床屋などと囚人ニコライがいた。私がドアを開けたままボイラー係りに用を告げようとすると、「ザクルワイチー！」という怒声とともに鉄拳でしたたか殴られ私は床に這った。何のことか判らずにいると、床屋が「ドアを閉めろと怒っているのだ」といった。

ドアを閉めて、ニコライの顔を睨むと、何を思ったのかニコライは、いきなり私を横抱きにすると暖炉の側に掛け、じっと私をのぞき込んだ。そのとき私は、白い睫毛の奥の底知れぬ淡い青色の目を初めて見た。

「お前は幾つだ？」

「十七だ」

「まだ子供なのに、何で俘虜《ふりょ》だ」

「戦争に敗けたからだ、俺は兵隊だ」

「日本兵は敗けたら腹を切るといったが、どうして腹を切らなかったのか」

「天皇の命令で戦争を止めたからだ」

「天皇なんか糞喰らえだ。天皇の命令で俘虜か」

「………」

「ところでお前はどうしてそんなに痩せているのか」

「お前らロシア人がめしをくれないからだ」

「………」

床屋の通訳でニコライとそんな意味の会話をした。やがてニコライは、俘虜から巻きあげたらしい懐中時計を見せ、夜八時になったら飯盒を持って俺のところへ来いというと外へ出て行った。

夜、哀れな食事が終わって、トンボといっていた荒板造りの上下二人ずつの寝棚に横になっていると、鉄条網の囲いの外からロシア人の怒鳴り声が聞こえる。

「この部屋にオカザキはおらんか。外でニコライが呼んでいるぞ……」

私は急に昼間のことを思い出し、外へ出て見ると、暗がりをすかして仁王立ちのニコライが見え、「オカザキ、ダワイ、カチャログ……ビスティラ（早く飯盒を持って来い……）」と怒鳴った。ニコライは昼間言っておいた私の名を間違えて覚えたらしかった。

ソ連の衛兵にわたりをつけたニコライに連れられて行くと、半地下の丸太小屋に他の二、三名の糧秣係りや作業監督の囚人たちがいたが、ニコライは私を奥に座らせ、日本兵用の飯盒の蓋をとり、急いで食えという。ランプの光に浮かんだそれは、真白の飯であり、大きな塩鮭の切身であった。瞬間、戦友たちのことが浮かんだが、私はそれをむさぼり食った。私が手を休める度にニコライは、「クシクシ、ビスティラ（早く食べろ……）」とせきたてたが、その目は、俘虜たちに嫌われ、恐れられていた目ではなかった。

ニコライは、元ソ連上級軍曹であった。独ソ戦場で、上官と女性を争い上官を射殺、十五年の刑でシベリアに来たという。激しい気性で、よく俘虜を殴り、俘虜たちの憎悪の的で、彼の監督する作業は敬遠された。誰からもうとまれ、一人焚火の傍にうずくまっている現場での彼の姿は、孤影そのものであった。ときに私と目が合うと、うすい笑みを浮かべ顎を突き出すようにして見せた。

翌年、白夜のころ、ニコライは私たちの前から姿を消した。無蓋のトラックに乗せられたニコライのうすい笑みを、道路作業中の私は見た。

鷹

季節が移るころ、ふと心の中をよぎる人々がある。

すでに遙かであるが、俘虜生活を強いられたシベリアでの人々。それは俘虜仲間であったり、対するソ連人であったりする。

作業監督囚人ニコライのことはさきに書いた。今回は、爆破係りのソ連軍技術将校のことを書いて置きたい。

私たちがいた地区では、その主な労働内容は、鉄道の復旧と、新たな建設作業であった。樹を倒し、岩を削り、路盤を作り、側溝を掘り、橋を架ける。そのようにして、俘虜ながら、自分たちが敷いた鉄道に初めて巨大な列車を走らせた感激も味わった。

一ヶ大隊だけの小さな収容所に私たちはいた。川沿いにあり、一帯はツンドラと落葉松の森が続き、一本の道路のほかは、耕地はもとより村落もなかった。そこへ直線的に鉄道を敷くのだが、一ヶ所だけ、川へ向かって突き出した岩石の丘があった。

丘の上は、白樺のまばらな草原であり、ユリやキキョウの花が、短い夏を彩った。草陰には鷲くほどのキノコも生えた。

秋と思う間もなく冬はやって来た。凍てつく前の枯野から、ユリの根、キキョウの根などを掘り出し、俘虜たちは貪り食った。それは、恐ろしい二度目の冬を越すための本能ともいえた。

黄葉のカラマツの葉が、さらさらと微かに音をたてながら散り降るとき、その寂しさは俘虜たちの心に、深く滲みた。

線路を通すためのその丘を削る作業は、困難な労働であった。俘虜たちは岸壁にとりつき、長い鉄棒のような鑿《のみ》で、発破の穴を彫るのである。一人が鑿を支え、一人が鉄槌で打つ作業は、不慣れなうえ寒風にさらされ、絶えず危険を伴った。

その作業を監督し、発破を仕掛けるためのソ連軍技術将校がいた。その名は知らなかったが、誰言うとなく〝鷹〟という愛称で呼んでいた。痩身で高い鼻、鋭い眼光、素早い身のこなし、そして寡黙であった。

岸壁での俘虜たちの作業は緩慢で、遅々として捗らなかった。しかし、〝鷹〟は叱咤することもなく、黙々と薪を集めては、俘虜たちが休憩時に暖がとれるように、幾ヶ所かに焚火を燃やしてくれていた。

幾日もかかってようやく十数本の穴が出来ると〝鷹〟は、慎重にダイナマイトをつめ、導火線をつける。それが終わると、俘虜たちを少しでも遠くへと追いやる。焚火から離れられなくてぐずぐずしていると、本気で小石をぶっつけてくる。

いよいよ点火、〝鷹〟はタバコの火を次々と驚くべき速さでつけながら移動する。まるで岩壁を舞うようにして点火する姿は、まさしく鷹であった。岩陰に身をかくし、仕掛けた数の爆破が終わると、安全を確かめてから俘虜たちを呼びもどす。黙々と彼はそれをやり続けた。

黒澤明の「七人の侍」という映画の中で、宮口精二の演じる侍がいたが、私は〝鷹〟に似た畏敬を想ったものである。

〝鷹〟の持つ風貌と、俘虜へのさり気ない人間的な思いやりは、半世紀の歳月を経ても私は忘れない。

生きていれば〝鷹〟は八十歳近く、あの鋭い眼の奥に隠された優しさが、懐かしい。

絵を描く俘虜

「その絵は、誰が描いたのか？」

樺太にいたという作業監督のアレクサンドルが、たどたどしい日本語で私に訊いた。

それは、作業場で拾った板切れに、石灰で白く地塗りし、ランプの煤《すす》で私が描いた〈虎〉のことであった。

シベリアでの二年目の冬、貨物列車からバラスを降ろす夜間作業に駆り出され、不覚にも両足の指が凍傷になり、暫く屋外作業を休んだときのことである。寒く、食糧事情も極端に悪く、俘虜たちはぎりぎりの体力で生きていた。それでも十代の私にはまだ幾らかの余力があり、そんなとき、ふと描いたのがその絵であった。

絵を見ていた監督は、私を連れ出し、別棟でスローガンや飾り絵を描いていた中島という人に会わせてくれた。そして、屋外作業には出ずに、一緒に絵を描くようにと言った。

中島さんは、白樺の小枝を焼いて作った木炭と板切れを私に示し、彼のうしろ姿を素描《デッサン》するように言った。

もくたんもデッサンも、私には初めて聞く言葉で、新鮮な感動と緊張に身を硬くしたことを憶えている。

そうして、私たちは一緒に絵を描くことになった。中島さんは、遙かな故国の風景や風俗、特に舞妓の姿などを巧みに描いた。私のは、まるで絵にもなってはいないしろものであったが、描けることが嬉しくて、様々なことを教わりながら夢中であった。

中島さんが美術学校で学んだ人であることは後で知ったが、背が高く、端整な顔をした東北出身の優しい人であった。

中島さんは、満州でソ連軍との交戦の生き残りのようで、心には深い傷を隠しているようであったが、そのことを語ることは少なかった。翳《かげ》りのある笑顔で、滅多に配られることもない貴重な角砂糖を「お前、食えや……」とくれたこともあった。

あるとき、ソ連側将校の部屋の大きな壁に絵を描くことになった。監督は私の〈虎〉を憶えていて、手ぶり身ぶりで、湖畔の白樺の林で虎がトナカイを狙うところを描けという。中島さんは面白がって、私に一人でやれという。大変なことになったと思いながらも、とうとう引き受けてしまった。

見たこともないトナカイを二頭、水鳥の浮かぶ湖と白樺。そして、幼いときに故郷の温泉旅館の玄関で、腹這いになって眺めた虎の絵を想い出しながら、いま思えばたわいのない奇妙なものを木炭で壁一ぱいに素描し終えた。

シベリアの奥地では、絵のぐなどある筈もなく、赤は煉瓦を摺り、青は固形インク、黄は医薬品。その他馬糞や木の皮、草の汁そしてランプの煤と石灰の白。はけは谷地草《やちぐさ》を束ねたもので、中島さんに教わりながら、幾日もかけて、何とか描きあげた。

ノッポで剽軽者の監督アレクサンドルは、ハラッショ、ハラッショ……オーチンハラッショと、踊りながら喜んだ。そして思いがけずパンやタバコをどっさりとくれた。

それは、寒中の屋外作業に疲れた俘虜たちの大きな歓びともなった。

それも、凍傷が癒えるまでのはなしで、再び寒冷の現場が待っていた。

それから三年の後、ダモイの列車の中で、俘虜たちが、帰国後の生活を語るとき、故郷を離れて七年、何一つ生きる手だてを知らない私は、漠然とではあったが絵を描くことを考えていた。

いま、私の職業を訊かれ、画家あるいは、絵描きというとき、ふと、うしろめたさを感じるのは、未熟ということと同時に、あのラーゲルでの寒中の作業を免れ、絵を描く愉悦のうしろめたさが、私の奥底に、いまも息づいているからに違いない。

シベリアの現地の移動で別れ、その生死も定かでなかった中島さんが、東北三陸で元気でいることを知ったのは、私の帰国後暫くしてからであった。嬉しかった。しかし、画家としてではなく、他の生業についていた。

再会は一九七四年四月、東京での初めての私の個展の会場であった。穏やかで端整な姿は変わらず、特有の重い口からは、浮ついた讃辞こそなかったが、「死者のために」を喰い入るように見る目が全てを語っていた。

「老後は絵を描く……」といっていた中島さんも先年亡くなり、夫人からの便りで残された絵のことがあったが、まだその絵を見ぬままになっている。

声がする

チュウブを搾るときに

街の美術研究所に通うようになってから、私は、生れて初めて油絵具を使って絵を描くようになった。

まだ、小学校にも入らなかった頃から絵が好きで好きでたまらなかった私であったが、何しろ阿蘇の山奥で育ったために油絵がどんなものか見ることはおろか、知ることさえも出来なかった。確か、小学五年生の頃だったと思うが、大分県の日田まで腫れものの治療に一人で行って、ある百貨店で丁度開かれていた展覧会で見た油絵が恐らく生れて初めてであったろう。

私はそのガラスもなにもはめてない変にねばっこく油臭い画面に大きな驚きを覚えながらも強く魅かれ、何時までもその部屋を去ることが出来なかったのを覚えている。

私は兄弟が多く八人も居たためか、その頃家は相当苦しかったらしく、父母は百姓のかたわらに夜遅くまでかかって蒟蒻《こんにゃく》を造り、それを朝暗い中から県境を越えて大分県の方にまで売りに行っていた。

家がそんな有様だったので私達兄弟も毎朝のように学校に行く時は近くにある杖立温泉の方に

廻り、野菜や花等を売ってから学校に行った。

そうした或る日、ふとKという旅館の玄関の衝立に、猛虎の絵が描かれてあることに気がついた。

私は残りの野菜を売り終ると学校に遅れるのも構わずまた引返して、空になった籠を背負ったまま、玄関に腹這いになり、その凄まじい虎の毛の一本一本にまで見入ってしまった。突然、

「どうかまあ、このよごれ坊主はこぎゃん所へ這入って来て……」と、
魂消《たまげ》るような女の声と同時にバサバサッと箒で続け打ちに頭を叩かれた。

驚いて起き上ると、その女中は箒を手に仁王立ちになって私を睨みつけ、

「野菜売りが何しぎゃ玄関から這入《はい》って来るか。用事があるならさっさと裏口さへ廻んなっせっ――早よう出て行かんかッ――」

とまるで野良犬だか何かのように散々口汚くののしられて夢中でそこを飛び出した。私はそれまで野菜を売ることを辱かしいなどと思ってもいなかったが、そのときは余程口惜しかったらしく、道々、

「クソッ、今にあいつらがびっくりするような絵描きになってやるぞ」

と大いに敵愾心を燃したことは今でも忘れられない。そうした少年の頃画家志望であった私も家の都合で上級学校に行くことも出来ず、思い切って開拓義勇軍に加って満州に渡った。

そして昭和二十年、沖縄玉砕の頃関東軍に志願し入隊、三ヶ月も経たず敗戦。シベリア行きと

なってようやく復員した時は二十四年の夏で、全く今浦島のようなものだった。

それからは、百姓、炭焼き、ニコヨンと様々な仕事をやってみた。

そうしているうちにも幼い頃の画を描く夢は見果てぬ夢として捨て切れず、通信学園等に入ったりして閑さえあれば描いているうちに、好きな事をやってなら苦労の仕甲斐もあろうものと、人の紹介で熊本へ出て肖像画を習った。

肖像画については、種々と問題もあるが、私の下手な絵でも心をこめて仕事をすれば何とか頼んで呉れる人も居て、まあどうにか生活して行けるのは何といっても有難い。

勿論、自分でもそんなもので世間の素朴な人々を瞞着《まんちゃく》しよう等とは夢にも思ってはいない。思っていないからこそ苦労もするのだ。私が研究所に来て、一生懸命にデッサンに打込む所以である。

私は此の研究所に来て何よりもうんと基礎から鍛えて頂き度いと思っている。それでなかったら何も遊びに研究所に来る程の余裕も閑もないのである。

だからといって決して少年の頃のように将来人を驚かすような大家になろう等という気持は今はなく、只私が僅かづつながらものぞいて来た、地道な人生の片隅にいて世の人々から塵芥《ちりあくた》のように顧みようともされない人々の営々とした生活と、その中にある本能的な人間性の美しさを、せめて描き表せるようになったらと願うのである。

生れて初めての油絵具をずっしりと重いチュウブから、グッと搾り出す時の、あの言いようもない感動と共に、過ぎた日々のことが走馬燈のように脳裏をかすめ、これから先の更に険しい道に向って、私は新たな希望と勇気が体一ぱいに満ち溢れるのを覚える。

闇の絵

私が郷里で、農業の手伝いをしていたころのこと、一年生の甥《おい》が、宿題の絵を描いた。すみずみまで黒一色に塗りつぶして、夜の絵だという。みんなにからかわれて不服そうにしているのでよくたずねると、夕やみのなかに、干し草を負った牛と共に、家に帰るところを描いたらしい。私はなるほどと思った。

阿蘇の農家に育った者は、だれでもそうであったが、秋の干し草刈りのころは一家総動員でおとなは原野に泊まり込み、子供たちは幼なくても牛を連ねて、干し上がった草を家に運ぶことを喜々として手伝った。だが、都合で日が西に傾くころ野をたてば、途中で夜となり、やみの中を牛の荒い鼻息に押されるようにして、赤土の坂道に足をすべらせながら下るときは、半分は泣き顔であったことを思い出す。

甥はそのことを描きたかったに違いない。懸命に描いたその絵は、表現が拙《つたな》くて、だれも暗闇の中の牛や少年の姿を見ることが出来なかったのである。

現在、自分が絵を描き、またいろいろの機会に多くの新旧の人の作品を見る。だが、表現の巧拙とは別に、一体どれほどの人が作者の意を感じ取れるものだろうか。文字や語りではない造型の世界では、絵面《えづら》がすべてであれば、さまざまな誤解がまた絵を見る喜びではないかとも思えてくる。

それでも作者は明確な意図の表現のために、心身をすり減らすことを怠ることは出来ない。

恩師　海老原喜之助

「画家再生——海老原喜之助生誕一〇〇年祭」が熊本市現代美術館で開かれている。海老原の作品と併せてその門下（いわゆるエビ研を経た画家たち）の作品も新旧各一点ずつが並び、私もその中の一人となっている。

海老原美術研究所（エビ研）は、第一次（一九五一〜五三年）と第二次（一九五七〜六六年）とがあって、私は第二次であった。

高等小学校を卒業と同時に、満蒙開拓青少年義勇軍として満州へ渡った私は、その後敗色の軍隊へ志願入隊、侵攻するソ連軍に敗れた関東軍の最下級兵士としてシベリアへ送られ、四年間の俘虜生活を強いられた。

幸いにも生きて還ったのが一九四九（昭和二十四）年、七年の歳月が過ぎていた。当時、シベリア帰りは、郷里の村人こそその生還を喜んではくれたが、一歩職を求めて世に出ようとすると、不利な条件が重なり、厳しい現実の前に、佇《た》ちつくすほかはなかった。生家の農業の労働力として期待されても、四男というのは決して居心地のよいものではない。

大家族から離れて、一人山に籠もる炭焼き、気安い肉体労働の土工。そんな中で唯一の救いは僅かに本を読むことや好きな絵を紙切れに描くことであった。シベリアでも、ふと描いた絵が救いとなったこともあった。

漠然とした絵への志が、通信講座などで、次第に妄想から現実へと膨らんでいった。

そのころ、時折見る新聞紙上に「殉教者」や「友よさらば」などの絵がモノクロ写真で紹介され、私を魅きつけた。作者は海老原喜之助と心に刻んだ。そして、エビ研の記事もあった。

……熊本へ行こう……。土工をしながらの僅かな蓄えがあった。土工姿のまま柳行李一つでバスへ乗った。そして生活の糧を得るために肖像画師の家に住み込んだ。それは、全く新しい二十六歳の出発となった。

大水害で一度閉鎖されたエビ研が、第二次エビ研として開所したのは四年後、私は三十歳になろうとしていた。遠くから眺めるだけの本物の画家海老原喜之助が、眼の前にいた。

いま開かれている海老原展の会場に、一つの壁面を埋めてモザイクのようにモノクロ写真が貼られている。そこには、師海老原を囲む真剣な眼差しの群が幾つかあり、囲みから一歩引くように翳《かげ》のある痩せた顔の私もいる。

研究所の雰囲気は良く、殆ど入り浸るように通い続けたが、生活は厳しく、四百円の月謝も滞りがち。見かねたのかオヤジ（陰でそう呼んだ）は私を研究所の下働きとして三千円の月給をくれた。ピカピカに研究所を磨きあげたのは、云うまでもない。

画友の一人はそこで結婚式を挙げた。新婦は第一次エビ研のIさん。仲人は新郎の職場の上司、オヤジは後見人という気配りで苦労人としての一面を見せた。会費四百円で盛りあがり、新聞は皇太子成婚並に写真入りで大きく載せた。

どうも泥くさく、愚鈍な私は、癇気の強いオヤジの標的になり易いのか、よく怒鳴られもした。それは海老原の制作の苦渋のガス抜きでもあったのだろう、そのころ次々と戦後の美術史を飾る秀作を、産み出していた。

私が〈ドラム缶〉に人間風景を重ねて描き始めたころ、ピカソやビュッフェなども招いて開催された国際形象展へ、主催団体の同人だったオヤジは、初めて設けられた新人の部に私を招待してくれた。しかし、同人たちの評価は芳しくなかった。

熊本から逗子へ居を移していたオヤジは、夫人得意の手作りの膳に私を招《よ》んでくれたが、心尽しの席に座るなり、雷のような大喝が鳴り響いた。

「あれは、何のざまだ……。俺は、お前を引き立てるために展覧会へ招んだのだ。もう絵なんか止めてしまえ……」。御馳走には一箸もつけずに、私は追い出されてしまった。

あの怒髪明王のような師の姿が、いまは、無性に懐しく想い出されてならない。

黒焦げのオムレツ

一九六〇年秋、私は結婚した。

この年の初夏、世代会員板井榮雄がエビ研（海老原美術研究所）で、手づくりの結婚式を挙げた。新婦は、元第一次エビ研の一人今井克子さん。板井は、前年の熊日総合展グランプリにもなり、職場は開局間もないＲＫＫ熊本放送。仲人はＲＫＫ重役。順風満帆、会場は大いに盛り上がり、後見人としての海老原夫妻の昂揚した姿を想い出す。

当時私は、海老原美術研究所の雑役をしていた。鍵の開閉、会費集め、そして掃除。手当ては三千円。床はピカピカに磨き上げた。板井の結婚式の準備、そして受け付も。会費四百円だが、銭勘定は苦手。研究生の一人に銀行員の松川久子がいた。会費の係を頼むと、気安く引き受け、流石の手さばきだった。

その後、研究所展の準備か何かで、私の住まいのアパートに来て貰った。夕刻、「私が何か作ってあげる」と言う。六畳一間、リンゴ箱一つ、茶碗と皿。フライパンに鍋一個。コップに魚焼き網、これが独身男の総てだ。何を作るのかと見ていると、あるだけの卵でオムレツをフライパンで焼いた。焦げて真っ黒のオムレツ。何とか食べられた。と、「私の作ったオムレツはどうでした？」という。私はほうーと思った。見掛けによらず面白い女だ。

研究所の帰り、夜遅く暗がりのバス停に彼女がいた。同じ方向と言うので、自転車の尻に乗せた。道路沿いの家の垣根に彼女の母親が、心配げに待っていた。悪びれもせず、礼を言うと、母親と共に家の中へ消えた。

ふと、あんな女だといいな、と思った。

暫くして、思い切って言った。「ボクと一緒にならんですか……」。

すーっと立ってどこかへ行った。やがて戻ると、「いいです」。

誰もが怪しんで、仲人を頼めない。逗子への転居などで忙しい師の耳に入り、「何で早く言わないか、俺が仲人だ」。

式場は鶴屋百貨店の裏に移っていた研究所で、会費二百五十円。内容は、弁当一個と一合の日本酒一本。神も仏もなしで、盛会だった。

礼状を作ろうとしたら、「金もないクセに、気の効いた真似をするな！」と怒鳴られた。

式は、海老原喜之助他による〈藤田嗣治の碑〉（現・稗田町、馬原由美子氏宅）建立の日の夜だった。

パリの海老原先生

「其の後皆元気な事と思う。
先般は色々な品を頂き有難く、実は小生、六月末旬より、風邪にて二ヶ月近くもかゝり、それに、すっかり衰弱してしまって、思わぬ不覚でした。松下君には知らせましたが、諸君には通信せず、でした。
悪しからず皆へ御伝え下さい。
もうよく、二十五日出発シベリア経由にて帰国します。余り長が過ぎたようでした。いづれ会った時、元気で
九月十四日　喜之助」（原文のまま）
先生は、この手紙を書かれて数日後の一九七〇年九月十九日に亡くなった。先生の死を知ってから、何も手につかず、驚きと悲しみにくれていた九月二十一日、私のもとに届いた、パリからの先生の便りは、私共への最後の言葉となってしまった。
「よく来たね、お前はとてもパリへは来れないだろうと俺は思っていたよ……」

一昨年（一九六八年）の秋、パリの山の手ともいわれる、パッシーの先生のアトリエに辿りついたときに、先生はそういって喜んでくれた。

それから約一年、折々に訪ねては、ご馳走になったり、話を伺ったりすることが、知る人もほとんどいないパリでの、私の喜びとなった。

先生のアトリエは、中二階つきの、吹きぬけの高い天井の立派なものであった。その頃恩師藤田嗣治の看病や死、その後のことなどで、一年間は殆んど仕事はしなかったという先生も、フランス中の辺地や、遠くピレネーを越えて、スペインの各地まで、ロマネスクの寺院や遺蹟を、車を駆って、くまなく見て廻った後のことでもあって、ようやく制作への明るい兆しが見られるころであった。

数点の一〇〇号をはじめ、地塗りされた大小のカンバスの数は、その意欲を思わせ、その頃の先生の日々の激しい感情の起伏は、ときとして、人を近づき難くしていたことを忘れない。

三〇号の馬や、サーカス、聖堂、シャトウ、サンジョルジュ、パンの聖女、コンコルド広場等々、小品ではあったが、三十数点がこのころに出来ている。そして、モンドリアンやドガの回顧展等にもせっせと足を運び、さまざまな研究をしているようすだった。あるときは近代美術館のブラックの絵の前に、じっと動かない後姿を偶然見たこともあった。

「俺たちは負け戦だったよネ、窓枠ばかり描くヤツと笑い者にされていたモンドリアンや、ジュ・ド・ポンムの下の塵よせの中に、首だけを出していたマイヨールの彫刻も、今ではどうだ……燦然と輝いて……。四十年ほど前のあのころ、俺は少し絵が売れて、ポケットにカネをぢゃらつかせて得意になって……駄目だったネ……」

ブルターニュの寺で、表面描写に手をやく私のカンバスに、あとにも先にも一度だけ、ナイフで叩っ切るようにして、手を入れてくれた絵が怠惰と弱気を激しく叱るようにして、今私の前にある。

「絵かきは、いつでも一兵卒」

美術館では今、熊日総合美術展が開かれている。

この展覧会も、ことしで三十四回展。昭和二十一年に始まったというから、まさしく戦後とともにあったわけで、県美術界に果たした役割の大きさはいうまでもない。

私も、昭和三十一年、第十一回展あたりから出品を始めているから、途中、何回かの休みを除き、二十回を超す出品となる。考えてみると、私の場合、この展覧会によって育てられたようなものだ。

私の恩師海老原喜之助先生を知ったのも、この総合展を通してであった。初出品、初入選という時には、まだ先生を知らなかった。後で、人に聞いてわかったことだが、初入選の時、実は落選のなかに入っていたのが、会場の関係で少し入選を増やすことになり、海老原先生の手で拾い上げられたのだという。今にして思えば、その後の私の進路への幸運な出来事であった。

私は元来絵を描くことが好きで、幼時からめちゃくちゃに描きちらしていたが、系統立てた勉学の機会もないまま、油絵具を手にすることのできた時には、もう三十に手が届くところにいた。

あのずっしりと重い、白のチューブを初めてしぼる時の感触には、こたえられない喜びがあって、板切れや小さな安物のキャンバスに向かって、夢中になって描いた。

　初入選の一〇号の絵は、熊本市内の喫茶店に今も掛けてくれてあるが、その稚拙な画面からは、当時の部屋のにおいまで伝わってくるようで妙な気分である。

　それがきっかけとなって、そのころ再開されたエビ研（海老原美術研究所）の研究生の仲間に入れてもらったが、どうも、先生には怒られることの方が多く、罵倒《ばとう》された揚げ句、絵をやめろとまで言われたこともあった。しかし、それまでのことを思えば、少々罵倒されたぐらいでは、へこたれるわけにもゆかず、ただただ愚鈍にくっついてゆくより、仕方がなかった。

　季節が秋になり、新聞紙上に総合展の社告が出るようになると、習い性となるのか、決まって、ある緊張感に支配される。制作の時は別として、搬入、審査、入選、入賞の発表。それはいつになっても変わらぬスリルに満ちた数日であり、都合で出せなかった年には、その寂しさに倍するヤジ馬根性で、気にするのである。

「絵かきは、いつでも一兵卒」と先生は言った。入落の哀歓をこめた会場がことしもある。

ギンナン

ことしもまた、ギンナンの葉が色づき始めた。

「銀杏城」にあやかってか、熊本の街路樹にはギンナンの木が多い。一時期、やたらと梢《こずえ》を切られていたのが、近年、ようやく伸び始めて、ぐんぐんと太く高くなってゆくのは、楽しい。やはり樹木は亭々と天にそびえるのがいい。それに、実もつき始めたらしく、袋に拾い集めている老女の姿を、バスの窓から見たが、これも心和む風景だ。

私の住む団地でも、まだ細くて頼りないギンナンの並木が育っている。しかし、大きくなって、その黄葉の美しさとは別に、落葉での車のスリップを言う人もあって、すべて良しとはなかなかいかないようだ。なんとか知恵を出し合って、木のある美しい街にしたいものだ。

ヨーロッパの街には、どこでもそれは立派な森や並木があって見事だが、なぜかギンナンの木は、見かけなかった。街の木の実の店にもギンナンの実は見当たらず、あの熟した実の独特なにおいを彼らが気にするのかもしれない。

ある雪の降り積もった日に、パリのブローニュの森へ出掛け、雪の中であの黄金のギンナンの実のついた木を見つけたことがあった。胸の高鳴りを覚えながら二、三十粒の実を拾い、ホテルへ持ち帰ると、においを気にしながら、皮を取り、乾かして、少しずつ鍋で炒《い》って食べたことを思い出す。

そのころ、まだお元気だった海老原先生を訪ね、そのことを話すと、初め信じてくれなかったが、あとで探し出されたらしく、バケツにいっぱい拾ってきて、

「ギンナンは本当にあったよ……おまえ……」と上きげんだった。というのも、ある著名な随筆家は、パリにはギンナンはないと書いていたとかで、パリ生活の永かった先生には、まだ来て間もない私のその発見が、大層な珍事だったらしい。

「あれは、ほかのやつらには教えるな……」と至極まじめな顔で言われたのが、おかしかったことを覚えている。そのギンナンの実は、夫人の手料理の材料となって、そのころ、先生を訪ねる客たちの珍味として喜ばれていたらしい。

海老原先生は、それから間もなくパリで亡くなった。今は熊本に住まわれる夫人と、そうした話題をたどる時、先生への懐かしさが噴き上げてくる。

ブローニュの森のギンナンは、深みゆく秋に、拾う人もなく、ことしも熟れ輝いていることだろう。

再訪のパリ

この夏、十日程の短いヨーロッパ旅行をした。

パリにも三泊、二十五年ぶりのパリの街は懐かしかった。歳月がその表情を微妙に変えてはいたが、私にとってパリは思い出の街であり、忘れることの出来ない街である。

当時住んだ二ヶ所も訪ねた。その一つは、モンマルトルの丘、サクレクール寺院の近くで、ラマルク通り二十四番地。

二十名程の私たちの旅行団体が、サクレクール寺院を見学する間、短い時間を貰って妻と坂道を駆けるように歩いた。昔あった古物屋は喫茶店になっている。石畳の道の両側に並ぶ駐車の列は当時のまま。もっと近かったのではと、急に不安になったころ、〝あった〟と思わず声を出した。白く、瀟洒で小さなホテル・エルミタージュ。いまにも窓からロベールとエリザベートが顔を出しそうな気がする。しかし彼ら夫婦はもうここにはいない。妻をプレートの側に立たせ、シャッターを押しながら、様々な想いが駆けぬける。暗い冬と聖夜のこと、風邪による発熱と洋梨。いまも続く数少ない友人との出会い。ホテルの夫婦との小さな諍《いさか》いや、涙の別れなどなど、時間にせかれ、ベルも押さずにそこを離れ、バスへと急いだ。

二つ目の住いは、エッフェル塔の近く、ブルドネ通り四番地の七階建ての住宅、その最上階つまり屋根裏部屋だった。

三日目、オペラ座近くで、買物中の一行と別れ、路傍のレストランで一息入れたあと、地下鉄に乗ってみることにした。昔と違い地下鉄は特に物騒といい、ついさっきレストランで声をかけられた熊本の人という女性からも、バッグを盗られたと聞いたばかりだが、昔、毎日のようにお世話になった地下鉄が忘れられず、メトロの表示を見つけて、切符を買った。トロカデロまで。そこへ行けばブルドネはすぐそこと記憶にはある。

ところが、しばらく走ってもなかなかトロカデロの表示は出ない。反対方向へ乗ったことに気づいたのは大分経ってから。一度路上に出て乗り換え、やっとのことでトロカデロ広場へ出る。

その日は暑く、二人は疲れたが、セーヌ河にかかるイエナ橋を渡り、エッフェル塔の下に溢れる人波を横目に左へ五十メートルほど、角を曲がれば、もうそこがブルドネ四番地。

暗緑色の重厚で大きな扉。金色に磨きあげられた取手が、昔のままに、輝いていた。

管理人は当時ユーゴスラビア人の若い夫婦だったのが、気配で窓からのぞいた顔は別人であった。

あのころ、このあたりには日本人の姿は少なく、滞欧中の生前の師海老原喜之助を訪ねる他は、僅かな友人とたまに会うだけで、孤独な屋根裏の日日であり、パリを離れてひたすら訪ね歩いた先人の遺産からの重圧に、自分の方途さえも見失うような有様だった。

高級住宅街というこの街でも、屋根裏の住人は貧しく、下界と孤絶状態の老人やメイドなどであったが、人間的で心優しい人々でもあった。

四半世紀を経たパリは、エッフェル塔もセーヌの流れも変ってはいない。だが、ブルドネの路上や、人々の視線はどことなく荒れ、日本人への目に冷たさを感じたのは、私だけだろうか。パリの知的で、さりげない温もりも消えたかに見える街で、日本人である自分の身辺を、改めて見直すような旅でもあった。

針生一郎さんからの課題

もっそりと現れて、長い時間絵を眺め、やおらもっそりと去ってゆく。

私が針生一郎さんに初めて会ったのは、一九七四年四月、東京みゆき画廊での初めての個展であった。会話らしい会話は無かった。ただ、二、三点あった静物などの小品を指して、この会場には不向きだ、と言った。

私は一九六八～六九年にかけてヨーロッパに滞在、帰国後はなかなか作品が描けなかった。七〇年になって、それまで描き続けていた「ドラム缶」シリーズ（針生さんはこのシリーズをずっと見ていたらしい）を止《や》めた。

そして、自分の奥深くに刻み込まれている青春の時代の戦争体験を、自分なりに描くことにした。

七〇年に「夏の花」、「晴れた日に」、「墓を訪《と》う」を、七一年に描いた「夏草に棲《す》む」、「夏の回帰」は、思いがけず神奈川県立近代美術館に買い上げられた。

個展にはこれらを中心に十数点を並べたが、「キャベツ」や「ブルターニュ風景」など写実的な小品も加えた。

私は、真剣に描いた絵であれば良い、と思っていたが、心のどこかに、少しでも売って会場費の足しにしようという思いもあったに違いない。

以後数回、十年おきぐらいに個展を開いているが、その殆どに欠かさず針生さんは訪ねてくれている。その度に黙って坐り、そして帰っていった。一度は、画廊のマダムにつつかれて、お茶でもと言ってみたが、断られた。

生き馬の眼をぬく、と云われる東京では、様々な人が会場を訪れる。短い紹介文を下さった浜田知明先生のお陰もあって、地方の無名の画家の展覧会に、画廊主も驚く程に、有名無名の人たちが訪ねてくれた。

その中には、自称・他称の評論家もいて、夜の街で一杯やりながらという者もいた。また、東京個展の証《あか》しにと、高額な作品掲載を勧める美術雑誌社もくる。

熊本県芸術文化振興基金の援助を受けながらぎりぎりの資金での個展も開いたが、それだけに、甘い誘いなど一切無用と決めていた。

そんな中で、針生さんは、次第に安心と信頼のできる人と判ってきた。

一九七八年、針生一郎企画で「現代の諷刺《ふうし》展」という展覧会が東京都立美術館で開かれ、私も招待されて、その前年二回目の東京個展に並べた作品、「聲《こえ》」、「一九四五年」、「補充兵Tの像」の三点を出品した。

その期間中に館内で、針生さんを囲む会があった。そのときの出席者の中の一人が、私の出品作のことを「あれこそ日本軍国主義者の絵だ」と激しく糾問。続いて中央の美術団体の幹部作家らしき男も「時代が変われればまた戦争画を描くに違いない……」と発言した。

私は、「死者のために」のシリーズとしての三点で、そうした発言は予想もしていなかったが、最初の若い発言者は韓国人だった。

私はそのとき黙っていたが、針生さんが静かに私の作品についてその作意を伝えてくれた。私はそれを忘れずにいるが、一度発表した作品は、そのときから一人歩きを始め、それを視《み》る人は一様でないことを心に銘じた。

二〇〇〇年、東京麻布ＭＭＧ画廊の企画展の折にも針生さんは来てくれた。炎暑の日であった。水をかぶったような汗の姿で現れ、いつものように黙って一点一点に眼をそそいでいたが、「戦争、シベリアの現実に、もっと深く迫ったら……」と呟《つぶや》くように言った。

後に別なところで長文の評論を書いてくれたが、その中で「宮崎静夫は、もう一歩トラウマ（精神的外傷）をつきぬけて、彼にしか描けない個別的、具体的状況を描き出してほしい……」と述べ、「記憶の底から恐怖、抑圧、絶望の状況をさらに発掘してほしい……」と記して、針生さんから私への課題としている。

陰惨、暴力、死が総《すべ》ての戦争。のっぴきならぬ中で生きた青春をどう表現するのか。八十歳を超えた私の残りの時間は僅かしか無い。

美術評論家針生一郎さんは、もういない。

死者のために

人から、何故あんな絵ばかり描くのかと問われることがある。そんなとき、自分の絵を解説するのは淋しい。

何故私は絵を描くのかと自問してみる。描くのが好きだからとか、描いているときが楽しいということも、少しはある。しかし、何故描くかは、もっと根源のことであって、それが明確でなかったら、絵は成り立ちはしない。私だけが持つ描く理由、造型はその表現のためにある。技術の修練も、様式の選択も、すべては手段であり、方法である。

ずっと以前のことであるが、生活のために肖像画を描いていたことがある。健在の老人たちの、年輪を刻んだ、美しい姿を描くのは楽しかった。が、故人、なかでも戦死した兵士などを、写真を参考にして描くのは、気の重いことであった。色褪せた写真に、染みつく硝煙の匂い。軍靴の響き。敗戦間際の召集兵士のヨレヨレの国民服。その一枚一枚を、晴れ姿に仕立てあげるのは、自分も最後の兵隊の一人だったことを思えば、身につまされる仕事ではあった。

出来上った息子の絵額を、黙って床の間に置く老父の姿や、鶏《とり》や玉子を売って蓄えた僅かの金を、一枚ずつ皺を伸ばしながら渡してくれた母親。そしてこっそりと頼む妻。「生きて帰ったごてある」。よく耳にしたこの呟《つぶや》きは、生きて帰ってこの仕事をする私に、重くこたえた。

戦争からすでに遠く、巷には、溢れる物質のように、死もまたたやすく満ちている。でも私は忘れない。戦争は終わったというのに、あれ程帰国を夢見ながら、空しく飢え凍えて、死んでいった戦友《とも》たちのことを。

三十年も、よくも一つのことばかり描き続けられるものだ。と、ある詩人が、東京の個展の会場で言った。三十年も描き続けた訳でもないが、一枚描いて、また一枚と、云い尽せない死者への想いが、そうさせる。

死者のために。それはまた、私自身の青春の墓標を立てる作業でもある。

はと

先日早朝、散歩の路上ではとを拾った。

家の前の公園に団地の給水塔があって、それにいつも十数羽のはとが群がっているが、その中の一羽だろう。遠目には、木漏れ日の影に見えたが、とりと気付いて近寄っても動かず、かすかな温もりを残して息絶えていた。

外傷らしきものも見当たらず、死因はともかく仕事場へ持ち帰った。

私の描く絵の中には、とりたちがいろいろな形で姿を現わす。それは、主題であったり単なる点景であったりするが、特定のとりであることは少なく、象徴的なものである。

しかし、象徴的とはいってもとりそのものを知ることは大切と思うので、出来るだけ実物を見ることにしている。それも観察よりも描くことで、描けばより深く見ることになるのである。

もう随分前のことになるが、阿蘇の友人から一羽のきじを貰った。それは雌鳥で、あの雄鳥の華やぎはなかったが、よく見るとその自然の造型の妙に感嘆したものである。私は、その片方の羽だけ残し、それを出来るだけ精密に写生し、デッサンをくり返したが、それが、様々な想いとなって制作に連なっていった。

　とりはそうして、私の身近なものになっていったが、私の作品を見てくれる人も、とりを描く理由を訊ねてきたり建物に衝突して墜死した憐れな冬鳥のことを告げてくれたりもする。連絡を受けると私は、有難くそれを貰い受けに走るのである。

　描いた後はどうするのですか……と訊かれたりもするが、飢えてもいないいまでは、庭の隅にそっと埋葬ということになる。我家の狭い庭には、少し不似合いの桜の木があるが、樹種は千原桜で、年毎に妖艶にその花数を増しているのも、とりたちのいのちの転生かも知れない。

　昨年のことだが、島田美術館の館長夫人から、少し大型の美しい鳥が、墜ちているが……と知らせがあった。それは青ばとということが後で解ったが、描きながら遙々《はるばる》としたとりの生を、いつものことながら想ったものである。

　はとは、我々の身近にいて、心を和ませてくれ、平和の象徴として、多くの画家や彫刻家たちが、作品にしている。ビザンチンの画匠の板絵やモザイク、ルネサンスの画家ジョットの作品や、現代のピカソの版画などを、ヨーロッパの広場に群がるはとともに思い出す。

　昨年、一昨年と続けて広島を訪ねた。

　人類が生んだ最悪の科学兵器原子爆弾による、その酸鼻を極める惨禍の証しが、あのドームと資料館には凝縮されて残されている。

　資料館から外へ出て、公園に群れ翔び遊ぶ無数のはとの群れを見るとき、まるで白昼夢の中にいる思いがするのは私だけだろうか。電車の窓に映る近代的なビル街、そして人人。あれから半世紀の刻《とき》の流れを経たとはいえ、信じられない思いと、平和を、これほど実感することはなかった。

拾ったはとをデッサンする。紅い足、優美な青灰色、黒の混じるしなやかな羽、玉虫色に輝く首。硬いくちばし、閉ざされた目。

爛熟の果に腐臭を放つ日本の政界のニュースを聞きながら、美しいはとの姿を見据える。

大雨洪水警報中のこの日、天地は暗く、閃光が走り、雷鳴が轟いている。

ツワの花

ツワの花が、一斉に咲き出した。

この家に移って来る時、借家の庭から小さな株を一つ持って来たのが、一年で驚くほど増えて、ことしは、たくさんのツボミをつけた。

仕事に飽いてそれをながめていると、だれか来たらしく、チャイムが鳴った。出てみると、老人が立っていて、研屋《とぎや》だという。妻が勤めに出るため、家に一日中私がいると、物売りや勧誘などで、見知らぬ人がよく来る。たいていは仕事中を理由にして、断るのだが、両刃の鋸《のこぎり》がよく切れないことを思い出し、見てもらう。

老人は、刃先を爪でピーンとはじき、この品物は上等だと言った。もうずいぶん以前に求めたもので、値段の記憶もなく、その時は愛想を言っているとしか思えなかった。料金も少し高いと感じたが、不便よりもと、頼むことにした。

水をというので、洗面器にくんで出てみると、そこに、老女もいて、連れ合いだと言いながら、老人に手助けして、道具を並べたりする。私は、その光景に温かいものを感じて、仕事場から椅子を出して、仕事の間、傍らで待つ老女へ、それを勧めた。

持参のビニールを広げ、軒先に腰を下ろした老人は、まず、水を注ぎながら錆《さび》をすり落とし、それから道具に刃を固定すると、確かな手つきで、やすりをゆっくりと動かした。

使い古した道具、ふしくれた手、そして重い口。そこからは、きのうきょうに始めたものにない雰囲気があって、尋ねると、大工をしていたと言う。

「齢をとると、高い所がいけまっせんけんなあ……」

新築中の隣の家を見上げながらの目は、遠いところを見ているようだった。

こうして、見知らぬ団地などの家々を訪ね、わずかな仕事を求めて歩くのは、老人の身に決して楽なものではあるまい。

「一日歩くと、一、二、三日は仕事になりまっせん……」とも言った。

普通ならば、孫の守りでもしているか、楽隠居の身であるはずなのに、本業に付随して身につけた手仕事で、二人が支え合って生きる姿には、老いの哀愁があった。

仕事を終え、油を引いて、見違えるようになった鋸を見せ、「良く切れますばい……」という目が、来た時と違って優しかった。

淹《い》れた茶を静かに飲み、降り出した雨の中を、寄り添って二人は帰って行った。

イヌ

ピロピロと、ゴボウのようなしっぽだけを見せて、低い垣の向こうを子犬が通る。来たなと思って見ていると、ちょこんと黒い粗末な顔がこちらをのぞく。「おい」と呼ぶと、きょとんとした目が、かわいい。

この夏、どこからか、かすかな鳴き声がするので、出てみると、下の道路の側溝に、生まれたばかりの子犬が捨てられていて、暑さのためかモグラのような四肢《しし》を伸ばして、目をつぶっている。缶にミルクを入れてやると、ピチャピチャと音を立ててなめる。急に親愛の情みたいなものがわいてきて、手のひらにのせると、生きものの重みが、生温かく伝わってくる。どうしたものかと思案してみたが、様子を見ることにして、仕事場へ引き揚げる。

気をつけていると、子供二人と母親が通りかかり子供らがまず見つけた。しばらくすると母親の声があって、子供たちも仕方ない様子で通り過ぎた。今度は、自転車に二人乗りした少女らが、しゃべりながら来た。急に黙ったと思ったら、さっといなくなった。また出てみると、近くの公園に少女らはいて、一人が自転車を押し、別の少女が子犬をあやしているのか、ささげ持つように高く差し上げ、胸をそらして歩いている。優しさと喜びに躍るようなその二人の姿を、美しいと思った。

私は、犬やネコを特別に好みはしないが、きらいではない。妻は犬を飼いたいらしいが、家を留守にして旅行したりすることを考えると簡単にはゆかない。子犬を見て思案したのもそんなわけだが、少女たちが持ち去ってくれなかったら、家で飼うことになっていたかもしれない。

少女たちは、やがて子犬を抱いて、また自転車で走り去った。その後しばらくたってから、妻と歩いている時、少し大きくなった黒と茶の子犬と少女を見た。

その時、育っているなと私は思った。

実は、その子犬の両親を私は知っている。春の朝、早く目覚めた私はベランダへ出た。早暁の三ノ岳を見て、目を公園へ移すと、そこに二匹の犬がぐるぐるやっている。白い雄は、近くの空き地を棲《すみか》とする前肢が片方ない耳のピンとした中型の犬だ。雌は、どこかの家の飼い犬らしく首輪があり、黒と茶で容姿はパッとしない雑犬だ。しばらくもたもたしていて、しっかりしろと思っているうち、なんとか成就した。

今、家の周りに出没する黒と茶の子犬の出自である。性別は雄、首輪をつけている。

阿弥陀杉

小国《おぐに》は太古から杉の郷《さと》である。平安の昔、小国の別名を「椙山《すぎやま》」と呼んだと小国郷史で故禿《かむろ》迷盧《めいろ》氏は述べている。

見事に植栽された現代の杉の美林の中に、一際目立つ鎮守の森、そこには樹齢数百年という老杉が大抵あって霊気を漂わしているが、小国の気候風土がよほど杉の生育に合っているのだろう。

阿弥陀杉（国指定天然記念樹）はその小国杉を象徴する大杉で、小国町の中心宮原から西へ約五キロ、黒渕本村にある。

樹の幹囲十一・六メートル、樹高三十八メートル、枝張り全周約百十平方メートル、樹齢は千年を越し、県内第一の老杉と案内板にあった。そして阿弥陀杉の名は、樹下に阿弥陀堂があったからとのことである。

阿弥陀杉は、遠目に見る樹形も見事であるが、樹下に立てばその壮大な存在感に雑な想念は一気に拭い去られる。

風雪に枝をもがれ、ねじれ、洞《うつろ》になった瘤《こぶ》だらけの巨幹。そそり立つ樹塊を支える盤石《ばんじゃく》の根。

これはまさしく千年の風貌である。

私は三十年程前にも一度ここへ来た。ある仕事でこの村を訪ねたときで、いまでは記憶も曖昧だが、貧しく、荒んだ魂を抱えてこの樹下に佇んだにちがいない。無言の大樹を見ていて、ふと小さな人間の歳月を思った。

樹下を離れて畦に立つと、杉は陽光を浴び濃い暗緑色からエメラルドグリーンへと変化する。それはさながら大地から噴出しつつ永遠に燃えさかる巨大な炎を思わせた。

遠くに淡い緑色に包まれた湧蓋山《わいたさん》がその柔和な姿を見せ、ひる刻《どき》の田園には人影もなくて小川の水音だけがのどかであった。

この老樹も、明治三十五年には、売却されて伐られる運命にあった。そのとき、かけがえのない老樹を惜しんだ小国郷の人々が、浄財を出し合って土地と共にこれを買い取ったという。いまは、小国町の財産として大切にされ未来への貴重な贈物となっている。

(小国のシンボル「阿弥陀杉」は、残念なことに一九九九(平成十一)年九月、台風18号に倒され、今では一部だけが残る)

白昼夢の東京

久しぶりに東京へ行った。めったに行かないせいか刺激が強く、くたくたになって帰る。

例によって、幾つかの美術館や画廊を訪ね歩いた。以前は、上野か竹橋、または銀座あたりで大抵の展覧会は見れたのに、いまでは都内各区、そして都下各市まで次々と美術館が建ち、それぞれに、企画展その他をやって競い合っているから、見る方は大変である。もっとも、在京の人は何が忙しいのか、そんなものは田舎者にとでもいわぬばかりのしらけた顔でいる。こちらはまるで遠くからいい匂いを嗅ぎ出す犬のように、地下鉄、電車、バスと乗り継ぎ、さらにてくてく歩いて、ようやくの思いでその前に立つ。

今回は、都下町田市まで足を伸ばした。新宿からの小田急線は、ざらついた新興住宅地の連続する風景を想像していたら、なんと淡い芽吹きの雑木林の丘が点在し、多摩川はちりもなく春の水を湛えており、自然が誇りの熊本より住みよいのではとさえ思えた。

出来てからまだ一年目という町田市立国際版画美術館は町はずれの芹ケ谷自然公園の中にあった。美術館の前庭に小川が流れ、周りの緩やかな斜面には落葉雑木の林が続き、遅いさくらが点々と風情を添えていた。

展覧会は、ドイツ現代画家ホルスト・ヤンセン近作版画展。一九二九年北ドイツ生まれのこの画家は、余程の地獄を見た男に違いない。その毒を含んだ鉄筆は、卓抜な素描力にものをいわせて、装われた表皮の一切を剥《は》ぎとり、人間の深層に潜む邪悪を白日の下に暴き出す。糜爛《びらん》と死臭、乾いた哄笑《こうしょう》。あくことなく描く自身の貌《かお》を、赤剥《む》けの膚《はだ》に塩をまぶすようにしていたぶり続ける。それは、グリューネヴァルトやエゴンシーレに連なって見えるが、日本の地獄草紙や九相詩絵巻とも重なる。これは世紀の生み落とす鬼子のものかも知れない。

とにかく夥《おびただ》しい作品群だが、そのほとんどを日本産の様々な和紙に刷っているのにも興味をそそられる。仕事には葛飾北斎や宋元画も強引にとり込み、そのしたたかな二枚腰は、この先どのような展開を見せるのだろうか。

美術館を出ると、ひりつく心をなだめるような光の中の林と水があった。駅まで続く露地の町並には、清潔でしゃれた人の群れが、春の週末を愉しみ、流れていた。それが一瞬、音も影も消えて、白昼夢の世界のようにも思えた。

あやうく、衛生無害な東京紀行に終わるところであった。

古本屋の主人

街へ出て、必ずゆくところといえば本屋。それも美術書のコーナーで、それは、いまも昔も変わらない。

昔は、古本屋や貸本屋があちこちにあって本好きの私が利用するのは専らそちらの方。評判の小説本は貸本、高価な美術書は、古本屋で立ち見、という具合。熊本市子飼《こかい》の商店街にあったホテイ書林や、洪水で跡形も無くなった橋向こうの古本屋など随分とお世話になったたし、懐かしい。考えあぐね、思い切って買った本も、たちまち金に困ってまた持ち込み、ただ同然に買いたたかれることもしばしばという思い出もある。

妻は、結婚のとき、たんすや長持ちといったものを持って来なかったが、美術誌「みずゑ」の数年分、それに驚いたことに講談社の『日本美術大系』全十一冊を持参、そのうえ隔月刊行中の『世界美術大系』も購読中であった。

当時、六畳一間の部屋代が二千円、大系一冊が二千三百円なり。私にしてみれば超豪華本であり、最も欲しい本でもあったのである。

結婚二年目ぐらいであったか、京都でルーブル美術館展が開かれていた。見たくとも金がない。上通《かみとおり》町にあった古本の老舗に、まだ刊行中のその豪華本を持ち込んだ。売るのではなくて、金を借りるために。

本と私たちを見て、その理由を聞くと、おやじさんは黙って一万円を貸してくれた。その人の名は豊田勝之助さん。いまは亡い。

そしてその両大系全三十五冊はいまも仕事場にあって、折々役に立ち続けている。

たばこ

バス待ちの時間つぶしに、喫茶店へ入る。会社のひけ刻《どき》のせいか、店内はたて込み、紫煙濛々。客は若い女性がほとんどで、煙の主たちが彼女らとは、何時の間にか世間も変ったものである。私は、たばこを喫《す》わない。喫っていて止《や》めたとかいうのでなく、喫ったことがないからその味も知らない。

子供のころ、家には、老杉の瘤で出来た色つやのよいたばこ盆があったが、それは客用で、そのころは祖父以下、誰も家でたばこの習慣がなかった。多分にそのせいで私も自然にそうなったようである。

たばこ喫みの損得を論じても仕方がないが、損をしたことが一度ある。昔、満州にいたころ、曠野の中の訓練所で、仲間の悪童たちは、中国人からかすめたたばこを、幹部の目を盗んで、すぱすぱやっていたが、ある日、私が喫わないのが気に喰わぬということになり、いきなり毛布にくるめられて、みんなから袋叩きにされ、幾日も動けなかったことがあったが、別にまじめくさっていた訳でもなかったので、いま思っても損な出来事であった。

　また、シベリア抑留中、愛煙家たちが哀れにもたばこの欠乏に泣き、氷雪の中から枯草の葉や、果ては得体の知れない苔まで喫い、命さえ失いかけ、僅かに支給されるマホルカたばこで醜い争いを演じたりした。飢えのあまりに、煉瓦が黒パンに見えたり、凍ったツンドラが、どうしても黒砂糖の塊に思えたりしたことはあっても、たばこの苦しみは私にはなかった。そして私の描いた絵で、ソ連軍の将校からどっさりたばこをせしめ、みんなに喜ばれたことなどは、得したことになるのかも知れない。

　コーヒーをすすりながら彼女たちを眺めていると、実に旨そうにたばこを喫う。いすにかけるのももどかしげに、深々と煙を吸いこむのを見ると、幼いころ、近所のオソノというお婆さんが、火種を手のひらにころころさせながら、気ぜわしくつめかえてはきせるを口元へ運ぶときの、ヤニに染った乱杭歯の満足そうな顔が、だぶって思い出されるから妙なものである。

声

今度の総選挙のあと、私あてに一通の電報が届いた。

「シユウギインギイントウセンオメデトウトウヤクンバンザイタクユウバンザイコチラピンチダガガンバツテイル」

静岡にいるRからだった。Rは、昨年（一九七七年）、私が東京で開いた個展の会場で、三十数年ぶりに再会することのできた、満州のころの友の一人である。

ピンチとは。電話によると、私の個展のときには何も言わなかったが、満州から引き揚げて炭坑で働いていたころ、小さな落盤事故に遭い、その時痛めた腰が、近年また痛みだしていて、閉山後再就職した今の会社も休みがちだったこと。加えて今、会社が構造不況のあおりで苦しく、人員整理を始め、その対象にされて、目下首切り反対闘争中という。電話の向こうの野太い声とは裏腹に、まさしくピンチに違いない。個展の折りのがっしりした分厚い手を思い浮かべながら、どんな言葉も白々しいようで、黙って聞くよりほかはなかった。

連絡のこともあって、その後、あちこちに散らばる拓友の幾人かに電話をした。

大牟田で、現在も炭坑で働いているSさんは、奥さんが電話口に出た。初めは夜勤で不在と言ったが、やがて、坑内事故で肋骨を折り、入院中であることがわかった。

大阪で、私鉄に働くTは、これも奥さんの声で、現場の事故で、大腿部複雑骨折、手術を終えたばかりで、三ヶ月の重傷という。その他、つい先日会ったばかりの熊本のOは、内臓の疾患で入院中等々。私は、受話器を持つ手が、次第に萎えてゆく思いをじっとこらえた。

昭和十七年、高等小学校の卒業を繰り上げた十四、五歳の少年たちを中心に編成され、それこそ、修学旅行にでも行くようにして、満州の奥深く渡って行った私たちであったが、あの戦中、戦後をどうにか生き延びたものの、あれから三十数年、五十の坂を越えた今、苦闘の連続のなかにいる者も多い。

新聞の紙面に並ぶ当選議員の略歴のなかに、元満蒙開拓青少年義勇隊員とあったT新議員。全国に散らばる元隊員たちの目に、それは感慨なしに映ることはなかったろう。

兵卒のさくら

春の花木は優しくていいが、さくらにはそれだけでないものを私は感じる。天を覆って、枝一ぱいに花をつけたさくらの喬木《きょうぼく》を見ていると、その豪華絢爛《けんらん》の奥にひそむ凄絶《せいぜつ》な色あいがあるように思える。それは、日本人の死生観からくるものか、または、「サイタ　サイタ　サクラガサイタ」に始まった、昭和一けた世代の持つ悲哀からかも知れない。

とにかく、さくらと日本人は深く結びついているが、さくらの生態を死生観に結びつけて強調するような時代は、あまり幸せではなかった。

爛漫《らんまん》の春、理屈はぬきにして、人々は花の下に集まる。家族の団らんもあるし、職場の花見酒もある。ささやかではあるが、その風景には、平和の姿がある。

花に誘われて、自転車に乗り、谷を一つ越えて、七本《ななもと》の官軍墓地へ行ってみた。昨年訪ねたとき、葉ざくらだったのを思い出したからである。

私の住む植木町の一帯は、田原坂を含む、西南戦争の戦場になったところだが、その時戦死した官軍側の死者を葬った墓所の一つが、七本の官軍墓地である。

かえでやつばき、しきみなどに交じって、吉野ざくらが細く高く五、六本あって、淡くまばらに花をつけていた。鳥の声がときにしじまを破り、整然と列をつくった三百基ほどの細身の墓石が、花冷えの朝の光を浴びていた。

明治十年四月六日戦死、明治十年四月八日戦死……と刻まれた文字が風化の中に読みとれる。荻迫や滴水《たるみず》など、この近くの村々の地名も記されて、それぞれの死場所となっている。士族、平民。将校、下士官、兵卒。列から離れて、大きなかえでの下に、十基ほどの小さな、あまりにも小さな墓石は、軍夫とあって、哀れであった。

その、寂々とした墓所に、淡くさくらが風情を添えていた。

そこからほど近い台地に、薩軍墓所がある。柿の木台場という薩軍陣地跡だそうだが、建て直されたばかりの碑があって、薩軍の死者三百余名のためのものである。あたりは、変哲もなくトンネル栽培の西瓜畑が広がっているが、台地は西に向かって急に落ち込み、三ノ岳に続く尾根を谷を隔てて見ることが出来る。よく見れば確かに守るに易き難攻の防塁に違いない。

台地の端に、こんもりと山ざくらがあり、畦《あぜ》づたいに降りて見た。それは、一把《かか》えもある老樹で、満開の花が濃緑のしいの森を背にして、陽光にきらめいている。その薄紅色の巨大な半球は、夜空を彩る大玉の打上げ花火の見事さであった。

バンダノサクラカ、エリノイロ……、

ハナハヨシノニ、アラシフク……、
ヤマトオノコト、ウマレナバ……、
サンペイセンノ、ハナトチレ……。

唐突に、軍歌が口をついて出た。そして、重装備にあえぎ叫ぶように歌った陸軍一等兵の自分の姿を思い浮かべ、口の中がすっぱくなるのを覚えた。

百年前の四月、官薩の無残な攻防の中で、斜面に張りついた兵士の目に、さくらは見えたろうかとも、そのとき私は思った。

原野にて

野焼き前の草原が見たくて、阿蘇の瀬の本高原へ行った。三月に入り、野焼きの始まりを新聞などで報じていたが、高原にはまだその気配はなく、その日は雲が多く、風も冷たくて、九重の山嶺にはうっすらと雪化粧さえ見えていた。九州横断道路の八本松というところでバスを降り、そこのドライブインで、先ず弁当を買い、それにお茶代わりの酒一合に燗をつけて貰い、風の中を歩き出した。

瀬の本の草原は、いつ来ても好きだ。中でも早春の枯野原と野焼きのあとの黒い原野がいい。舗装された自動車道から草地へ入り、とき折り陽の射す南面に風をさけて腰をおろす。斜面は深い谷となって落ち込み、そこは、らくだ色の枯草から熊笹の緑に替わり、銀灰色の雑木林へと続く。そして梢のところどころが淡く紅色に色づき、春の兆しを見せている。

ありきたりの弁当をさかなに、ぬるい燗酒をゆっくりと飲む。風に凍えた体もやがてアルコールですこしずつほぐれてくる。風に乗って聞こえる車の音も遠く、鳥の声さえもない。ゆっくりと流れる刻《とき》。

ふと、点々とした地面の淡い緑に気付き、近づいてみれば蕗のとうである。弁当を入れてくれたビニール袋に一つずつ摘んで入れる。爪を染めるみどりと春の香り。ほろ酔いも手伝ってか豊かな気分になり、ごろりと仰向けになる。雲の切れ間の深い空をジェット機が半透明の白魚のようによぎって行く。

さきほど、弁当をつつきながら見ていた、急斜面に一際目立つ巨木を確かめたくなり、背丈を越える熊笹につかまりながら谷へおりて行く。ようやくの思いの前に現れた巨木は楢《なら》の木か。二抱え程もある樹は藤蔓《ふじづる》にからまれ、その樹齢は見当もつかない。荒々しく節くれて急斜面に立つそのうす陽の中の姿には霊気さえ漂っていて、よくぞという想いにかられる。

再び草原へ出て、歩く。風に帽子を飛ばされそうになりながら歩く。

オーレモユクカラァ　キミモユケェー
キタマンシュウノォ　ダイヘイヤァー
コーバアクーセンリー　ハァテェモーナァキー
ジユウノ　テン　チー　ワ　レ　ヲー　マ　ツー…
ノーゾムカナタハ　コーリャンノー
オカフクー　カァゼガナルバカリー

ア、タイリークノ　ソラヲトブー
グレンノクモノー　ツバサーカナァー……

歩いているうち、いつの間にかうたっている。現代の歌など何一つ覚えられないのに、昔むかし大陸で声を限りにうたったうたは骨髄に染みているのか、初めは小さく、やがて足に合わせてうたっている自分に気付く。そしてそれは、いいようのない寂しさとなって、私を包む。瀬の本の原野に続く村に育ち、北満州の大広野で青春を過ごした私にとり、原野は、郷愁ともいえない何かが、とき折り激しく心を揺する。

何をするでもなく、歩き、草に座り、ぼんやりとした刻を過ごす。原野の一日はそうして終わる。

十二年ぶりの東京個展

二月二十八日（一九九一年）から三月九日まで、東京銀座のみゆき画廊で、十二年ぶり三回目の個展を開いた。

前回と同じに「宮崎静夫展――死者のために――」とした。

一ヶ年ヨーロッパ各地を歩き廻ったあと、一九七〇年に「夏の花」と題した作品を私は描いた。それは戦後二十五年、消しようもなく私のなかに刻み込まれた戦争の傷痕を、初めて絵画として表現したものであった。以来現在まで、遅々としてではあるが私なりに戦争の表白として造型化し続けている。

私は、開拓義勇軍として高等小学校卒業間もなく大陸へ渡り、その後十七歳で志願兵として関東軍に入った。その結果として、日本軍捕虜となりシベリアへ抑留された。そのことで私は、戦争の被害者だというつもりはない。むしろ積極的に志願までして大陸に、軍隊へと、親の制止にも耳をかさずに動いたことを、時の流れとはいえ、愚かであったと思っている。

戦争では、勝っても敗けても彼我の無数の死が残る。幸いにも生きて還れた私は、戦争の時代の生と死という思いから解放されることはない。私はその思いからの解放を求めて「死者のために」を描き続けている。生きている限りそれは続くだろう。

私には忘れがたい一人の戦友がいた。その名は玉井至。彼は敗戦のとき満州国ハルピンで消息を絶った。今回の個展の会場で、思いがけず彼の消息が解った。彼はハルピンで軍隊から逃れ、市の郊外にあった開拓義勇軍の指導員養成機関の嚮導《きょうどう》訓練所へ復帰（彼はそこの生徒であった）、翌一九四六年三月十六日にそこで死亡していた。

そのことをもたらしてくれた彼の同期生という人は、私の話を確めるよう訊きただしたが、後日再び会場に現れ、当時の写真の複写したものを私に見せた。そこに玉井の姿を私が認めると、その写真を私へくれ「線香の一本でもあげて下さい」といって去った。

現役の初年兵としての玉井は、頑健で行動力のある男であった。同じ指揮班にいた彼とは忽ち友になった。引き伸ばされた玉井の写真を見ていると、あの国境の陣地での激しい戦闘訓練の日々や、真夏の長い行軍で見せた抜群の体力そして続出する老兵の落伍者への思いやり、敗戦の日、あわやごぼう剣を腹へ突き立て自決しようとした気質。また、トラックを駆って食糧確保へ私と走った日々、等々のことが鮮やかに浮び、胸を衝くものがあった。

それは、偶然ではあっても、私には不思議な出来事に思えてならなかった。

熊本を個展のために発つ二月二十七日朝、新聞はシベリア抑留中の死亡者の名前を両面いっぱいびっしりと埋めつくして発表。二十八日展覧会初日、心を重くしていた湾岸戦争が終った。そして展覧会を終え、帰熊後の十五日、またシベリアの死亡者一二五五名の名簿が新聞に発表された。

私の原風景

先日、所用で、東北への旅に出て、常磐線で内原駅を通る機会があった。車窓に映える冬枯れの湿田や松林には、二月とも思えぬ陽気に咲いた紅白の梅の花が、点々と彩りをそえていた。

予科練の赤トンボの飛んでいた空、水戸街道の松並木での駆け足の日課、てっかみそ……。追憶にだぶって「ともべ」や「うちはら」の駅名の表示板が、現れては、消えた。

あれから三十数年、遠く遥かななかの内原ではある。しかしそれは私の脳裏深く刻み込まれていて、消ゆることはない。私は、感慨なしにはここを過ぎることができなかった。

私は現在、熊本に住んで絵を描いて仕事としている。昭和十七年三月には、満蒙開拓青少年義勇軍内原訓練所河和田分所にいたが、画家への道程はこのときに始まったともいえる。内原も、広大な北満の曠野《こうや》も、戦争もシベリヤも、多くの拓友たちと同じ青春の場の苦楽があったが、昭和二十四年、幸いに生還出来た。その後のご多分にもれぬ転々とした遍歴のなかでも、いつも私には絵がついていて心の飢えを満たしてくれていた。

ランプの灯りで描いた拓友の寝顔、ラーゲルの壁に煤《すす》や石灰液で描いた故国の山川……。炭焼きの山中での、自然のうつろい。ニコヨンのオバさんたちのあっけらかんとした猥談や、哄笑のなかの温かい人間性……等々絵心をそそるものは絶えなかったし、あるときは貧しい画技で糊口をしのぐことにもなった。

三十歳を過ぎるころ、熊本の研究所で、初めて優れた絵の指導者故海老原喜之助に出会った。そこで、絵が、画家の糊口をしのぐためとか、単に感覚の遊びとかよりも、更に奥深く人間にかかわっていることを、少しずつ理解していったように思う。

もう十年前になるが、一年間、ヨーロッパに滞在して、先人の遺産に学ぶ機会に恵まれた。そこは宝の山であり、私にとっては無上の学校であった。私はひたすらに各国の美術館や寺院を訪ね歩いた。そしてその厖大な遺産群のなかで、果たして自分に何ができるのかと苦しみ抜いたことを忘れない。

帰国後の長い模索の末に「墓を訪う」という作品を描いた。それは、再び帰ることのなかった不条理な若い死を悼む老母を象徴したものである。

私はいま、あのいまわしい戦争の時代に、のっぴきならぬかかわりを持った世代の一人として、あの無数の死を見つめることで、自分の生の意味を問うことを自身へ課している。

内原は、そうした私の原風景である。

満蒙開拓青少年義勇軍

五族協和を旗印とした「満州国」は、まぼろしの〝王道楽土〟であった。

昭和初期（一九二六年〜）不況と凶作などによる世情不安を背景に、軍部（関東軍）の画策で満州事変（一九三一年）が始まり、一九三二年（昭和七年）日本の傀儡《かいらい》国家満州国が成立した。しかし、日中戦争から太平洋戦争、第二次世界大戦へと拡大する戦争の中で広島、長崎への原子爆弾とソ連の参戦を招き昭和二十年（一九四五年）八月、日本は敗戦。同時に満州国は消滅した。僅々十三年の命運であった。

満蒙開拓青少年義勇軍というのは、その王道楽土建設の名のもとに、日本国家が策定した満州開拓事業に副って、世界に類例を見ない青少年による武装移民として昭和十三年（一九三八年）に創設された。

それから敗戦の年まで、高等小学校や農村の青年などを主にして募集奨励、十四歳から十九歳までの青少年を八次に亘って異境の地満州へ送り出し、総数九万人余となっていた。

（「満州開拓と青少年義勇軍」〈内原訓練所史跡保存会〉に依る）

声がする

昭和十七年（一九四二年）三月、高等小学校二年の卒業式を目前にして、私は満蒙開拓青少年義勇軍へ学校から唯一人参加、茨城県内原訓練所へ入所、第五次訓練生となった。そして六月、満州へ渡った。十五歳であった。

内原から満州へと、毎日のように歌った「軍歌」がある。

その一つは、

『植民の歌』

万世一系比類なき
すめらみことを仰ぎつつ
天涯万里野に山に
荒地開きて敷島の
大和《やまと》魂《ごころ》を植《う》うるこそ
日本男児の誉なれ

そして

『我らは若き義勇軍』

われらは若き　義勇軍
祖国のために　鍬とりて
万里涯《はて》なき　野に立たむ

いま開拓の　意気高し
いま開拓の　意気高し……

煽《あお》り、あおられて、自分を納得させるための軍歌。それは、いまになっても骨髄《こつずい》に染みている。しかし、曠野での現実は理想に程遠かった。私は一九七七年に「聲《こえ》」と題して一点の絵を描き、求められて一篇の文を副えた。

「聲」

望郷のあまりに少年たちは、「屯懇病《とんこんびょう》」になった。手のつけられぬ悪童も、曠野に真赤な陽が沈むころ、地平に向って、声もなく、茫《ぼう》と泪《なみだ》をながした。寒気、シラミ、コーリャンめし。そして、母親代りにいた寮母も去り、熱病のような同志内のなぐり合いと、食糧倉庫、幹部宿舎への襲撃。傷つき孤立した、荒涼たる集団ヒステリーであった。それでも三年がたち、群狼の野生とたくましさを身につけ、ようやく若者たちが夏草に楽園の開拓を夢見るころ、満州は戦場となった。

（一九七八年「暮しの手帖」夏号）

現地の訓練所は、二千人以上もいる大訓練所も幾つかあったが、他に三百人にも満たない一ヶ中隊だけの小訓練所もソ満国境に近く点在した。

熊本と鹿児島の混成で二百六十名程の私のいた中隊もそうした曠野の中の小訓練所であった。予備役少尉の中隊長（所長）それに、経理、教学、農事、軍事教練、医務、寮母などの幹部と呼ぶ教師たちがいた。中隊は四ツの小隊に分れ、八ツの舎寮に住んだ。

訓練は、農事、軍事、教学が主で、食糧、被服の支給、金銭の手当も月三円が支給となっていたが、現金を支給された記憶はない。

食糧も幼い未熟な開墾作業から得る収穫は乏しく、初年次のころの食糧事情は劣悪そのものであった。手紙も検閲された。当時、内地から教学奉仕という文理大学生が数名、短期間来たことがあったが、その現状を見て、嘆嗟《たんさ》の呟きを聞いたこともあった。

すさみ、荒れる中で、去ってゆく幹部や寮母、それでも次第に明るさを取り戻し、逞しく育っていったのは、それが若さというものだったのか。後にシベリアでの俘虜生活の中でも、私はそれを思った。

昭和十三年から八次に亘り満州へ渡った九万余の少年たち。適齢期を迎え、徴兵されたり、敗色の中で軍属としての徴集。開拓とは殆ど名ばかりで多くの開拓の花嫁と家族を残し、敗戦後、その幾人が還り、そして還らなかったのか。その記録を私は知らない。

昭和二十四年（一九四九年）八月、シベリアから舞鶴港へ上陸、私は還った。

そして昭和五十二年（一九七七年）十月、開拓自興会というところから、

「右の者満洲開拓青年義勇隊萬順訓練所に於てその課程を修了せしことを證す」

（原文のまま）

という私宛の「修了證」が届いた。私は、五十歳を超えていた。職業の間《はざま》でそれを手にした曠野の友たちは、どのような想いで、それを眺めただろうか。

侵略の尖兵と呼ばれ、ファシストの卵と指弾された者への報いの「修了證」とも私は思っている。

満州国も満蒙開拓青少年義勇軍も、時代の波間に現れ、うたかたとなって消えた。しかし、魂に灼きついた満州の赤い夕日は、私の中から消ゆることはない。

今年もまた夏がきた

一葉の黄ばんだ記念写真が、私の手もとにある。

昭和十七年六月、満蒙開拓青少年義勇軍の一員として、内地での三ヶ月の訓練を終えて、大陸へ出発の際、私が家郷へ送り届けたもので、裏面には、

渡満記念　家へ　最後列、向って右から二人目が自分で有ります

とある。十五歳であった。

日輪兵舎ともいったパオ型のバラックの宿舎を背景に、初夏の日差しを浴びて佇立《ちょりつ》する一コ小隊五十数名。最前列中央の三名は、中隊長を含む幹部でいわば大人たち。他は、十四歳から十九歳までの青少年で、真新しい制服姿の「鍬の戦士」である。

小豆粒ほどに写った小さな顔は、どれも深くかぶった帽子のひさしの陰の中にあり、わずかに見ゆる頬の部分は幼く、一様に緊張している。年かさの体の出来た者をのぞいては、ごわつくカーキ色の綿服がまだ身になじまず、袖口からは、小さな指がのぞき、ゲートルを不器用に巻きつけた脚は、細くて頼りない。

声がする

われ等は若き　義勇軍
祖国のためぞ　鍬とりて
万里涯《はて》なき　野に立たむ

大きなリュックサックを背に、鍬の柄の樫棒を肩にして、喇叭《らっぱ》鼓隊を先頭に行進した皇居前広場。そして、伊勢神宮。満州の土となるべく、帝国日本の原点としての皇居や伊勢を幼い脳裏に刻みつけて、私たちは海を渡らねばならなかった。

下関でゆるされた家族とのつかの間の面会――別れ、未知への不安。それらも修学旅行のような気安さのなかに紛らせたまま、幾日もかかって、大陸の奥深く運ばれて行った。

写真からの回想はつきない。見るほどに、凝縮された私たちの青春が、そこにあるように思えてくる。

戦後、絵の道へ入り、私も約一ヶ年ほどヨーロッパで過す機会に恵まれ、滞在中は、ひたすらに美術館や寺院を見歩くことでついやした。系統だてて学ぶことのなかった私にとって、それは、無上ともいえる学校であった。

あるとき、パリの地下墓所を見た。そこには、重く、身にこたえる風景があった。

延々と地下道を埋めてつづく骨片の山と、どくろの壁。ながい年月に変色し、うつろな眼窩《がんか》に闇をたたえた、名も知れぬ骨たちの列。それは、無常というよりも、人間の持つべき尊厳と、生きていることの意味を、私へきびしく問いかけるものであった。無数の死、それは、私の中に棲みついて離れぬ、不条理な死に満ちた戦争の悲しみへの連想となった。

戦争体験を作画すること——それは、ヨーロッパの中に埋没し、見失いかけていた私自身の仕事の方向への、大きな啓示であったように思う。

滞欧後もつづいた空白と模索ののち、黄ばんだ一葉の記念写真も、作画の中に組み入れられて、「聲」や、「鴻毛の秤り」などの作品が生れた。自分をも含めた失われたものの過去帳を、一人ずつ時間をかけて埋める作業、それらのささやかな一連の仕事を、私は、「死者のために」とした。

田舎の家を訪ねると、座敷の鴨居の上には、きまっていくつかの肖像画が飾られてある。ある時期、私はそれを描いて暮したことがあった。元気で還暦を迎えることのできた夫婦などに喜んでもらえるのはよかったが、戦死した息子や夫の姿を頼まれるのは、つらかった。多くは、抱きかかえるようにして床の間に置き、「生きて帰ったよう……」といった。戦争は遠く、平和に慣れても、私には、そうしたことを、忘れることができない。

夏、それは、永遠の彼方から死者たちを甦らせる。ことしもまた、夏が来る。

秋の夜に

秋も深まって来ると、この夏の酷《ひど》かった暑さのことなど、すぐに忘れる。

夏の最中には、老齢や病気がちの知人を想いはがきを書いたりもする。そして返事があれば安堵し、なければまた案じることになる。

夜遅く電話が鳴る。受話器を取ると、婦人のくぐもった声。訝《いぶか》りながら聞くうちに、福岡に住むSさんの奥さんと解った。

奥さんがはがきの礼などを述べているのを横から取るようにして、Sさんが替った。

「やあ元気かね。ぼくはね、あれからシベリアへ連れていかれてね、ロスケの奴らにひどい目に遭わされたよ……。きみはいまも絵を描いているかね。あ、そうそうぼくは今度曹長になったよ……。アハハハ……。またそのうちにきみのところへ会いに行くよ」

再び奥さんに替ると
「聞いていて少しおかしいでしょう。最近はだんだんひどくなって……。病院へも行ってはいるんですが……」

奥さんの沈んだ声に、暗澹とした思いのまま「お大事に」と受話器を置くしかなかった。

Sさんは、第二次大戦末期の満州で、私の短い軍隊生活の折の内務班長であった。乙種幹部候補の伍長で後に軍曹になったが、眼鏡をかけ色白で長身、言葉は穏やかで、およそ軍隊には不向きに見えた。

精鋭といわれた関東軍も、敗色の南方へその主力を移し、若く元気な現役兵は僅かで、装備も悪く、最後の男狩りで集めたようなちぐはぐの軍隊となっていた。

内務班には、万年一等兵といわれる古兵がいて、召集兵たちが、親子程の現役の新兵に混り、わたわたと走り廻るのを、いいかもにして愉しんでいた。

Sさんは、それらの古兵たちからそれとなく新兵をかばう優しい班長であった。

大分県の竹田に、当時同じ班にいたYという人がいるが、YさんはいまだにSさんのことを班長どのと畏敬している。強度の近視で、いかつい身体のため、その動きが何かにつけて目立ったYさんにとり、当時のSさんの庇護が忘れ難いものとなっているに違いない。

昭和二十年八月。ソ連参戦、十五日には敗戦と、入隊してから三ヶ月も経たぬうちに私たちは、敗残の身となってしまった。十月末、牡丹江というところから家畜輸送車のような列車で、東へ向けて動き出したが、いつの間にか列車は、北へ北へと進んでいた。不安な囁きが車内に広がるころ、ある停車地で下士官以上が集められた。そこでどんな言葉が交わされたかは知らないが、Sさんは弦《つる》の折れた眼鏡を手に青い顔をして戻って来た。

「大すけの奴、俺を殴りやがって……」

列車はシベリアへ向けて動いていると主張して、血迷った大隊長に殴られたということらしかった。

シベリアの冬は、想像を超えた。寒さに加えて飢えの苦しみは苛烈を極めた。一片の屑パン、塩湯に沈む一ひらの魚の小骨にさえ異様に執着し、学問も教養も人間の尊厳も、日々に削がれ、剥がされていった。それでも帝国軍隊の組織はまだ崩れず、二等兵はそのまま星一つの二等兵でしかなかった。

毎朝の寒中での点呼と東方遙拝、無意味な訓辞……。何処へとも知れず運ばれてゆく衰弱兵。早暁のめしあげ刻を計る三つ星（オリオン座）を、雪氷の上で足踏みしながら見るのは、切なかった。

春が来た。雪解けの水辺の青い芽を私たちは、むさぼり喰った。白樺の幹に斧を入れ、噴き出るほの甘い汁をすすった。

短い夏、野に満ちた花も忽ち過ぎて、ツンドラを覆う部厚い苔に、ルビーのように実が色づくと、シベリアはまた冬へと急傾斜していく。白樺も唐松も、一気に燃え立ち、そして散った。黄金の小針のような唐松の葉は、幽《ひそ》かにさらさらと地に降り積んだ。

パンや貴重なマホルカ（タバコ）の代償に流されるコックリさんのダモイ情報も、もう誰も信じるものはいなかった。

恐しい冬に備えて、俘虜たちは獣のように食物を探し求めた。夏を飾った花々は、地中に球根を太らせ、百合や桔梗や灌木の実と、無数に生えるきのこ。口に出来るものは何でもよかった。そのために作業現場を離れる俘虜たちに、監視兵はもう何も言わなかった。風に乗って、焼き鳥の匂いが流れた。行ってみると、火を囲んだSさんたちが、何やら喰っている。「喰わないか」とくれた小枝のような珍味は、蛙であった。うまかった。

Sさんの様子がおかしくなったのは、間もなくであった。冬近く、そんなにいる筈もない蛙を探す異様さは、次第に私たちを不安にした。いつからかSさんの姿は、ラーゲルから消えていた。昭和二十五年八月末。私はシベリアから帰って丸一年になろうとしていた。その日のことを私は日記に書いている。

畑地へ農作業に出ていた私は、降り出した小雨に予定を変え家に帰った。と、そこにSさんの姿があった。夢を見ていると思った。

白い麻の上下の背広。髪を分け、黒縁の眼鏡の奥の、穏やかな目が、ただ懐かしかった。北九州から、谷合いの温泉へ来て、私のことを尋ねたという。生還を知り急に会いに来たともいった。あのときラーゲルから消えたSさんは、とうにこの世にいないものと私は想っていた。時間が無く、慌しく再会を約するSさんに、我家に生《な》った西瓜を持たせると、子供のようにはしゃいだ。

熊本へ出て、絵を描くようになった私は、あるとき、SさんとYさんを私の展覧会へ招んだ。

二人は、一点一点に目を据えて佇み、長い時間をかけて見ていた。

敗戦から五十年。私の中には拭い切れない戦争がある。SさんやYさんのうちにある戦争はどんな戦争だったのだろう。

「今度ぼくは曹長になったよ、アハハハ……」

Sさんの朗らかな声が、寂しく残っている。

あとがき

歳月は、記憶を模糊の彼方へ置き去りにする。それでも消しようもなく鮮やかに今も蘇るのは、十五歳からの満州（中国東北部）と、シベリアに生きた七年のことである。

その七年が私の青春の総てであった。人はそれを苦難の歳月とも云うが、私にしてみれば濃密な学びの場であり、己れを視つめ、確かめることのできた得難い日々としても忘れることはない。

国策として送り込まれた満州での三年。それは、茫々の大草原、曠野の中にぽつんと一ヶ中隊（二百六十名余）だけの小訓練所であった。そこでは外界との接触も無く、「五族協和」の題目も名ばかりで、幼く虱《しらみ》まみれの中の喜怒哀楽。そして軍隊と敗戦、シベリアでの四年の俘虜。それが意識の底のマグマとなり、描き、そして綴ることへとなって噴出する。

私は先にエッセイ集『絵を描く俘虜』を出版した。この『十五歳の義勇軍』は、それに続くものというよりも、それに重ねた文集として装いを新たにした。前回に続き、企画と出版の総ては石風社の福元満治氏にお任せした。福元氏とそのスタッフの方々へ深く感謝を申しあげたい。

また、一冊の中心をなす熊本日日新聞連載の「私を語る」は、記者龍神恵介氏の力添えがあったし、「シベリア再び」の毎日新聞記者米本浩二氏、その他読売新聞記者小林清人氏、詩誌「燎原」の堀川喜八郎氏にも心からお礼を申しあげたい。

この一冊は、亡き戦友そして父母、恩師故海老原喜之助先生、またこれまで私を支えて下さった総ての方々に捧げるものである。そして妻久子にも。

二〇一〇年八月

宮崎静夫略歴

一九二七(昭和二)年　熊本県小国町に生まれる。

一九四二(昭和十七)年　高等小学校卒業(十五歳)と同時に、満蒙開拓青少年義勇軍へ参加、満州へ渡る。(満州国北安省海倫県万順義勇隊訓練所)

一九四五(昭和二十)年　関東軍へ志願入隊(十七歳)。八・十五敗戦、十一月捕虜としてシベリア抑留。

一九四九(昭和二十四)年　シベリアのラーゲル八ヶ所を転々、四年を経て八月末に帰郷。

一九五三(昭和二十八)年　農業や土工などを経て、画家を志し、熊本市へ出る。肖像画で生計をたてる。

一九五七(昭和三十二)年　海老原美術研究所に入所、海老原喜之助に師事。

一九六八(昭和四十三)年　低辺の労働体験を基に人間風景を重ねた「ドラム缶」シリーズが評価され、幾つかの賞を受ける。それを機に渡欧、ヨーロッパ、ギリシャ、エジプトを約一年遍歴。

一九七〇(昭和四十五)年　戦争体験を基に「死者のために」シリーズを描き始める。

一九九八(平成十)年　七十歳を機に熊本県立美術館(分館)、島田美術館で回顧展。作品集(石風社)

出版。

一九九九（平成十一）年　エッセイ集『絵を描く俘虜』（石風社）出版。信友社賞受賞。

二〇〇三（平成十五）年　九州力展（熊本市現代美術館）招待出品。

二〇〇六（平成十八）年　アルス・クマモト――熊本力の現在展（熊本市現代美術館）招待出品。

二〇〇八（平成二十）年　「生きて描く八十年」（私を語る）熊本日日新聞連載（六十七回）。

熊本県芸術功労者として顕彰される。

二〇〇九（平成二十一）年　「描く――静かな闘い」展（熊本県立美術館主催）招待出品。

二〇一〇（平成二十二）年　第六十九回「西日本文化賞」受賞。


個展（企画を含む）　東京みゆき画廊　ＭＭＧ画廊－五回。福岡市美術館。名古屋市民ギャラリー。島田美術館。植木町。福岡県碓井町。つなぎ美術館。上通ギャラリー。

作品収蔵　神奈川県立近代美術館。福岡市美術館。熊本県立美術館。熊本市現代美術館。島田美術館。つなぎ美術館。坂本善三美術館。熊本県立図書館。

初出紙誌一覧

Ⅰ

シベリアへの旅

シベリア再び（「毎日新聞」西部版３回連載　二〇〇二年七月二十七日〜八月九日）
旅立ちの風景（「詩誌燎原」121号　二〇〇二年三月一日）
青春の墓標（書き下し）

Ⅱ

満州・シベリアの七年（原題「わたしを語る――生きて描く80年」熊本日日新聞　二〇〇八年三月十四日〜二〇〇八年五月八日　連載67回中55回まで）

Ⅲ

まどろみの幼年

モリしゃん（書き下し）
チューリップ（書き下し）
母の日に（「熊本日日新聞」一九七三年五月十二日　原題「幼い日の想い」）

遠く地上に（「熊本日日新聞」一九八八年五月　原題「遠い地上に」）
野生（「舫船」一九九一・二・48号）
日傘（「舫船」一九九一・八・50号）
小国と私（「舫船」一九九〇・十一・46号）

十五歳の義勇軍

兵隊色の絵（「舫船」一九八九・五・40号）
旅（「舫船」一九九二・二・52号）
初雪（「熊本文化」一九九一年二月一日）
シベリアで啄木を知る（熊本子どもの本研究会「子どもの本」No.293・二〇〇〇年一月九日）
夏の回想（「西日本新聞」夕刊一九七八年八月十四日）
敗残の雨（「熊本日日新聞」一九七〇年六月二十七日）
馬の門（「舫船」一九九三・五・57号）
クレソン（「舫船」一九八七・五・32号）
夏の花（「舫船」一九九四・八・62号）
永久凍土（「俳誌「霏霏」一九九七・十一・14号冬）
コーアンマグロ（書き下し）
異国の丘で——昭和二十二年夏（「熊本日日新聞」一九七九年八月十六日）
白夜のころ（「舫船」一九九〇・八・45号）
鷹（「舫船」一九九一・十一・51号）

絵を描く俘虜（『宮崎静夫作品集』一九九八年秋）

声がする

チュウブを搾るときに（伊藤洋画研究所機関紙「自然」一九六五年三月五日）
闇の絵（「熊本日日新聞」一九七〇年九月十六日）
恩師海老原喜之助（「読売新聞」西部版　二〇〇四年十月二十三日）
黒焦げのオムレツ（熊本日日新聞「わたしを語る――生きて描く80年」60回　二〇〇八年五月十三日）
パリの海老原先生（「日本談義」一九七〇年12月号）
「絵かきは、いつでも一兵卒」（「熊本日日新聞」一九七九年十一月三日、原題は「身辺雑記(6)熊日総合展」）
ギンナン（「熊本日日新聞」一九七九年十月三十一日）
再訪のパリ（「舫船」一九九三・十一・59号）
針生一郎さんからの課題（「熊本日日新聞」二〇一〇年六月十一日）
死者のために（「読売新聞」一九七四年十二月二日）
はと（「舫船」一九九三・八・58号）
ツワの花（「熊本日日新聞」一九七九年十月二十九日）
イヌ（「熊本日日新聞」一九七九年十一月二日）
阿弥陀杉（「熊本日日新聞」一九八三年六月二十一日）
白昼夢の東京（「熊本日日新聞」一九八八年四月二十四日）
古本屋の主人（「熊本日日新聞」一九九七年八月六日、原題「私の書棚」）
たばこ（「熊本新評」一九七〇・五・№53）

声（「熊本日日新聞」一九七九年十月三十日）
兵卒のさくら（「熊本日日新聞」夕刊　一九八〇年四月九日）
原野にて（「舫船」一九九〇・五・44号）
十二年ぶりの東京個展（「舫船」一九九一・五・49号）
私の原風景（宮城県柏根拓友会刊「青春から五十路へ」一九七九・二）
満蒙開拓青少年義勇軍（書き下し）
今年もまた夏がきた（「暮らしの手帖」一九七八年夏号）
秋の夜に（「熊本文化」一九九五・十一・二五六号）

＊表示価格は本体価格（税別）です。

藤田洋三

鏝絵《こてえ》放浪記

壁に刻まれた左官職人の技・鏝絵。その豊穣に魅せられた一人の写真家が、故郷大分を振り出しに、壁と泥と藁を追って、日本各地、さらには中国・アフリカまで歩き続けた25年の旅の記録。「スリリングな冒険譚の趣すらある」（西日本新聞）

（2刷）二二〇〇円

小林澄夫

左官礼讃

「左官教室」の編集長が綴る土壁と職人技へのオマージュ。左官という仕事への愛着と誇り、土と水と風が織りなす土壁の美しさと共に、打ちっ放しコンクリートに代表される殺伐たる現代文明への批判、そして潤いの文明へ向けての深い洞察を綴る

（6刷）二八〇〇円

文／姜信子　写真／アン・ビクトル

追放の高麗人《コリョサラム》　「天然の美」と百年の記憶

1937年、スターリンによって遥か中央アジアの地に追放された二〇万人の朝鮮民族＝高麗人。国家というパラノイアに翻弄された流浪の民は、日本近代のメロディーを今日も歌い継ぐ。人々の絶望の奥に輝く希望の灯火に魅せられ、綴った百年の物語

二〇〇〇円

ジミー・カーター　飼牛万里（訳）

少年時代

米国深南部の小さな町。人種差別と大恐慌の時代、家族の愛に抱かれたピーナッツ農園の少年が、黒人小作農や大地の深い愛情に育まれつつ、その子供たちとともに逞しく成長する。全米ベストセラーとなった、元米国大統領の傑作自伝

二五〇〇円

阿部謹也

ヨーロッパを読む

「死者の社会史」から「世間論」まで、ヨーロッパにおける「近代の成立」を鋭く解明しながら、世間的日常と近代的個に分裂して生きる日本知識人の問題に迫る、阿部史学の刺激的エッセンス

（3刷）三五〇〇円

石牟礼道子全詩集

はにかみの国

＊芸術選奨文部科学大臣賞受賞

石牟礼作品の底流に響く神話的世界が、詩という蒸留器で清冽に結露する。一九五〇年代作品から近作までの三十数篇を収録。石牟礼道子第一詩集にして全詩集

（2刷）二五〇〇円

中村　哲

医者、用水路を拓《ひら》く　アフガンの大地から世界の虚構に挑む

＊農業農村工学会著作賞

養老孟司氏ほか絶讃「百の診療所より一本の用水路を」。百年に一度といわれる大旱魃《かんばつ》と戦乱に見舞われたアフガニスタン農村の復興のため、全長二五・五キロに及ぶ灌漑《かんがい》用水路を建設する一日本人医師の苦闘と実践の記録　（3刷）一八〇〇円

中村　哲

医者　井戸を掘る　アフガン旱魃《かんばつ》との闘い

＊日本ジャーナリスト会議賞受賞

「とにかく生きておれ！　病気は後で治す」。百年に一度と言われる最悪の大旱魃が襲ったアフガニスタンで、現地住民、そして日本の青年たちとともに千の井戸をもって挑んだ医師の緊急レポート　（11刷）一八〇〇円

中村　哲

辺境で診《み》る　辺境から見る

「ペシャワール、この地名が世界認識を根底から変えるほどの意味を帯びて私たちに迫ってきたのは中村哲の本によってである」（芹沢俊介氏「信濃毎日新聞」）。戦乱のアフガンで、世界の虚構に抗し黙々と活動を続ける医師の思考と実践の軌跡　（4刷）一八〇〇円

中村　哲

医は国境を越えて

＊アジア太平洋賞「特別賞」受賞

貧困・戦争・民族の対立・近代化――世界のあらゆる矛盾が噴き出す文明の十字路で、ハンセン病の治療と峻険な山岳地帯の無医村診療を、15年に亘って続ける一人の日本人医師の苦闘の記録。　（7刷）二〇〇〇円

中村　哲

ダラエ・ヌールへの道　アフガン難民とともに

［NGO関係者必読の書］一人の日本人医師が、現地との軋轢、日本人ボランティアの挫折、自らの内面の検証等、血の噴き出す苦闘を通して、ニッポンとは何か、「国際化」とは何かを根底的に問い直す渾身のメッセージ　（5刷）二〇〇〇円

中村　哲

ペシャワールにて　癩《らい》そしてアフガン難民

数百万人のアフガン難民が流入するパキスタン・ペシャワールの地で、らい（ハンセン病）患者と難民の診療に従事する日本人医師が、高度消費社会に生きる私たち日本人に向けて放った、痛烈なメッセージ　（8刷）一八〇〇円

＊小社出版物が店頭にない場合は**「地方小出版流通センター扱」**とご指定の上最寄りの書店にご注文ください。なお、お急ぎの場合は直接小社宛ご注文くだされば、代金後払いにてご送本致します。（送料は一律二五〇円。定価総額五〇〇〇円以上は不要）。

十五歳の義勇軍　満州・シベリアの七年

二〇一〇年十一月十日初版第一刷発行

著　者　宮　崎　静　夫
発行者　福　元　満　治
発行所　石　風　社
福岡市中央区渡辺通二丁目三番二四号　〒810-0004
電話　〇九二（七一四）四八三八
ファクス　〇九二（七二五）三四四〇

印刷製本　瞬報社写真印刷株式会社